# とろけるジュエリーデザイナー

水上ルイ

幻冬舎ルチル文庫

CONTENTS ✦目次✦

✦とろけるジュエリーデザイナー



✦カバーデザイン＝高津深春（CoCo.Design）
✦ブックデザイン＝まるか工房

イラスト・円陣闇丸✦

# とろけるジュエリーデザイナー

# AKIYA　1

銀座《ぎんざ》の街を照らすのは、煌《きら》めく街灯の明かり。

行き交う人も少なくなってきた、夜十時。

宝石店『ガヴァエッリ・ジョイエッロ』の大通りに面した一番大きなショーケースの前に、僕らは立っている。

「いよいよだな、あきや」

隣に立っている、親友で同僚デザイナーの森悠太郎《もりゆうたろう》が、弾んだ声で言う。

鞄《かばん》を抱きしめた僕は、緊張しながらうなずく。

僕の名前は篠原晶也《しのはらあきや》。ガヴァエッリ・ジョイエッロというイタリア系宝飾品会社の宝石デザイナー室に勤務している。入社二年目の駆け出しジュエリーデザイナーだ。

ショーケースの扉が、店の内側から開かれる。黒の制服を着て、白い手袋をした壮年の店長の上半身が覗《のぞ》く。

ショーケースは縦横が一メートルはあり、宝石店のショーケースとしてはかなり大きなものだ。ケースの内側には最高級の黒いベルベットが張られ、同じくベルベットの張られたチョーカー用の展示台が、美しくライトアップされている。

ガラスの向こう、女性の副店長が、金色で『GV』の文字が彫り込まれたロイヤルブルーの革ケースを持ってくる。そして手袋をはめた手で恭《うやうや》しくその蓋《ふた》を開ける。

「……あ……」

そこに収められていたのは、僕がデザインしたチョーカー。

一流の職人さんの手で作り上げられたそれは、まるで繊細なレースがそのまま金属に置き換えられたかのように見えて……デザインした僕ですら、思わず目を奪われる。

中心に留められているのは、煌めくインペリアル・トパーズ。淡い桜色と金色を混ぜたような独特の美しい色合いは、その石が最上ランクであることの証《あかし》だ。

インペリアル・トパーズを取り巻くのは、朝の露のように虹色に煌めくダイヤモンド。超一流宝飾品店ガヴァエッリ・ジョイエッロの名に恥じない、これもやはり最上ランクのもので揃《そろ》えられている。

「……素晴らしいな」

呟《つぶや》いたのは、雅樹《まさき》だった。彼は優しい目で僕を見下ろして、唇に笑みを浮かべる。

「とても綺麗《きれい》だ」

低い美声で囁《ささや》かれて、頬《ほお》が熱くなってしまう。

艶《つや》のある漆黒《しっくい》の髪。

すっと通った凛々《りり》しい眉。

滑《なめ》らかに陽灼《ひや》けした頬。

高貴なラインを描く鼻筋。

きっちりと彫り込んだような奥二重。

男らしい美貌に不思議なセクシーさを加える長い睫毛《まつげ》。

そしてその下の……黒曜石のように煌めく漆黒の瞳。

腰の位置が高く、驚くほど脚の長い、完璧なモデル体型。

その男らしい雰囲気を引き立てるのは、仕立てのいいイタリアンスーツと純白のワイシャツ、細めのウインザーノットに締められたシルクのネクタイ。

彼の名前は、黒川《くろかわ》雅樹。二十九歳。僕が勤めるガヴァエッリ・ジョイエッロの宝石デザイナー室のチーフで、世界的な賞をいくつも獲《と》っている有名なジュエリーデザイナーでもある。

……そして。

僕と彼の間には、ある秘密がある。

僕と雅樹は……ほかの人には言えない、秘密の恋人同士なんだ。

「たしかに素晴らしい」

ガヴァエッリ・チーフが、感嘆したような声で言ってくれる。

彼の名前はアントニオ・ガヴァエッリ。

イタリアの大富豪ガヴァエッリ家当主の次男で、僕らが勤めているガヴァエッリ・ジョイエッロの本社副社長。日本《にほん》支社宝石デザイナー室のブランドチーフも兼任している。

普通だったら日本支社にまで来るような人じゃない。社内報の写真でしか見られないはずの偉い人なんだけど……ある時日本支社に視察に来て（この時、僕は雅樹と運命の出会いをした）、日本支社が気に入ったらしくそのまま居座ってしまった。

額に落ちかかる漆黒の髪、セクシーな黒い瞳。

美形の多いガヴァエッリ一族の血を体現したような、彫刻みたいに完璧なハンサム。

雅樹と並ぶモデル体型でイタリアンスーツを着こなし……女性社員の憧れの的だ。

「オレたちヒラデザイナーの希望の星、あきやのデザインだもん。当然だよ」

隣に立っている悠太郎が、誇らしげな声で言う。

悠太郎は、僕の美大生時代からの親友。一緒にガヴァエッリ・ジョイエッロの試験を受けて入社した、同僚でもある。

女の子からジャニ系と言われてるルックスは、同性の僕から見てもかなり格好いい。明るいし、アニキ体質で面倒みはいいいし、いつでもすごくモテるくせに……僕のことばかり構っていて、現在恋人はいない。

僕に恋人ができて寂しいから、といってよくガヴァエッリ・チーフと飲み歩いていたけれど、最近では、二人の仲はただの気の置けない上司と部下から、ちょっとだけ変化しているように見える。

はっきりとはいえないんだけど……なんだか、ガヴァエッリ・チーフの悠太郎を見る目がすごく優しかったり、彼を見返す悠太郎の頬が色っぽく染まっていたり。

二人はまだ恋人同士ではないみたいだけど、僕と雅樹が結ばれるキューピッドになってくれたのはこの二人だし、僕らは二人のことをあたたかく応援することにしている。

「制作してくれた喜多川御堂《きたがわみどう》と、インペリアル・トパーズを提供してくれたユーシン・ソンにも感謝しなくてはいけないいな」

雅樹が、ウインドウの中のチョーカーを見つめたままで言う。

「晶也のあの素晴らしいデザイン画をこうして具現化することができたのは……彼らのおかげでもある」

彼の言葉に、僕は深くうなずく。

「この作品ができたのは、そして入賞できたのは……本当に、彼らのおかげです」

このチョーカーは、僕が『セミプレシャスストーン・デザイン・コンテスト』というコンテストのためにデザインしたもの。僕がデザインし、世界的な宝石コレクターであるユーシン・ソンさんが中石《なかいし》を提供してくれ、そして喜多川御堂さんという一流職人が作り上げた。

そしてこのチョーカーは、めでたくそのコンテストのアジア大会で佳作を獲ることができたんだ。

　世界的に有名な宝石店がずらりと並ぶ銀座。ガヴァエッリ・ジョイエッロはその中でも一等地にあり、店頭のショーウインドウはとても目立つ場所にある。ここは『路面ショーケース』と呼ばれていて、デザイナー室のメンバーの間ではここに自分の作品が置かれることはすごく名誉なこととされている。銀座店には五カ所の路面ショーケースがあり、そのうちの二カ所にガヴァエッリ・チーフの作品、もう二カ所に雅樹の作品が入れられている。どれも数千万円を超える超高額品で、老舗宝飾品店ガヴァエッリ・ジョイエッロの威信を示すように美しく煌めいている。

「銀座店の路面ケースには、今まで私とマサキのデザインした商品しか並んだことがなかったが……アキヤがようやく仲間入りか」

　ガヴァエッリ・チーフに楽しそうに言われて、僕は意味もなく緊張してしまう。

　……そうなんだよね。僕よりも職位が上の田端《たばた》チーフや、サブチーフの三上《みかみ》さんや瀬尾《せお》さんを通り越して、ヒラデザイナーの僕の商品がこんな晴れがましい場所に置かれるなんて。なんだか、ほかのチーフクラスの人たちに申し訳ないような……。

「ほかのチーフクラスの三人に申し訳ない、そう思っている？」

　僕の思考を読み取ったかのような雅樹の言葉に、僕はギクリとする。

「え？　ええと……」

雅樹は僕を見下ろして、

「残念ながら入賞はできなかったが、あの三人の描いたものも素晴らしいデザインだった。だが君は、彼らよりもさらに上回ったものが描けた。それは君の実力であり、努力の賜《たまもの》だ。後ろめたく思ったり、ほかのメンバーに同情したりする必要などないんだよ」

「すみません。そんなことを思うことこそ、僭越《せんえつ》で……」

「そんな顔をしないでくれ。叱《しか》ったわけではない」

うなだれる僕の髪を、雅樹の手がフワリと撫《な》でてくれる。

「彼らは彼らの速度で自分の道を走っている。だから君も、堂々と君の速度で自分の道を走ればいい」

「……あ……」

顔を上げると、力強い漆黒の瞳が見返してくれる。僕の心にわだかまっていた複雑な感情が、フワッと解《ほど》けていくような気がする。

「こら、見つめ合ってないで。プライスチップが出るよ!」

悠太郎が言って、僕の腕を掴《つか》む。僕は慌ててショーウインドウの方に向き直る。

あのチョーカーの値段は、石や地金の値段や工賃などを考慮して、イタリア本社の社長と取締役たちが決めたという。もちろんその会議にはガヴァエッリ・チーフも参加していた。だから彼はこのチョーカーにつけられる値段がいくらなのか知っているはずなんだけど……

自分の目で確かめなさいと言って教えてくれなくて。

金色の数字が浮き上がる、小さなキューブを組み合わせたようなプライスチップが、店長の手でチョーカーの前にセットされる。

僕は、思わず鼓動が速くなるのを感じる。

石や地金の値段や工賃は、だいたい僕にも予想できるけれど……こういう高額品の場合はそこにデザイン料がプラスされることになる。もちろん僕にお金が入るわけではないけれど、つけられた値段によって、百戦錬磨のイタリア本社の取締役たちが、僕のデザインをどの程度評価してくれたのかが想像できる。

最高級のインペリアル・トパーズと、最高ランクのダイヤたち、そして一流職人の喜多川御堂さんに支払う工賃を考えると……たぶん売値は三千五百万円くらいにはなるんじゃないかと僕は予想していた。

……さらに上乗せされるとしたら、それはデザインに対する値段ということで……。

……もしかして、僕のデザインに特に価値はなしと思われて、三千五百万円ぴったりだったらどうしよう……。

店長がプライスチップをセットし、僕らに笑いかけてからケースの内側のドアを閉める。

僕は深呼吸してから、思い切って顔を上げて……。

「……え……？」

そこに並んでいた数字を見て、心臓が、ドクン、と大きく跳ね上がる。

「……ご……？」

……五千万……円……？

僕は思わず桁《けた》を数えてしまうけど……。

「売値は五千万円だ。あのうるさいイタリア本社の取締役たちも、何も文句を言わずにオーケーを出した」

「君の商品は、五千万円でも売れると判断されたということだ」

雅樹は言い、僕のことを優しい目で見下ろしてくる。

「改めて『セミプレシャスストーン・デザイン・コンテスト』の入賞おめでとう、篠原くん」

「あ……ありがとうございます、黒川チーフ」

「五千万円かあ。すごいよなあ」

悠太郎の言葉に、身が引き締まる気がする。これは僕がデザインした商品の中ではダントツで高価なものになる。

「だが、それにふさわしい品だろうな」

ガヴァエッツリ・チーフが、ウインドウの中のチョーカーを見つめながら言う。

「デザインもさることながら、あれほどのランクのインペリアル・トパーズは、そう簡単に手に入るものじゃなかった」

「たしかに、あれなら晶也のデザインにセットするのにふさわしい中石でした」

雅樹の言葉に、僕はちょっと緊張してしまう。

……もちろん、雅樹の言葉はすごく嬉《うれ》しいけど……。

あの石は完璧な透明感を持っていた。そして最上級のシェリー酒のような淡い桜色とシャンパンゴールドを混ぜた色をしていた。高ランクのインペリアル・トパーズ独特の絶妙な色合いだ。

……美術館に飾られるのがふさわしいような、あんな素晴らしいインペリアル・トパーズを僕の作品にセットしてもらってしまって、本当によかったんだろうか？

あのトパーズは、韓国《かんこく》に住む宝石王のユーシン・ソンさんが提供してくれたもの。美術館にありそうなというのはあながち大げさではなくて、あの石は天文学的な価値のものが並ぶといわれるユーシンさんの屋敷の展示ケースに、大切に保存されていたものだったんだ。

ユーシンさんは、あのインペリアル・トパーズを提供はしてくれたけれど、その代金をガヴァエッツリ・ジョイエッロから受け取ろうとしなかった。彼は「この製品が売れるまで代金はいらない。その代わり、店に並んで買い手が付いた場合は売値の三十パーセントを支払ってくれ」と僕に言ったんだ。

五千万円の三十パーセントということは、千五百万円。美術館に飾られるようなランクのインペリアル・トパーズが千五百万円というのは、法外な値段ではない。僕みたいな庶民にとっては、気の遠くなるような値段ではあるけれど。

……五千万円のインペリアル・トパーズのチョーカー……。

僕は、今さらながらとんでもなく贅沢なものを作ってしまったんだな、と冷や汗を流す。

……本当に、売れるんだろうか……？

「さて」

ガヴァエッリ・チーフが咳払《せきばら》いをし、笑いを含んだ声で言う。

「移動して乾杯でもするか。こんな人目のある場所でそんなに熱い目で見つめ合われると、こちらが恥ずかしくなる」

「乾杯だよ、あきや！」

「うん」

店長に挨拶した後。僕たちは、そこから程近い場所にあるスペイン料理屋さんに来ていた。

地下にあるその店は、打ち合わせなどで銀座店に来ることの多い雅樹とガヴァエッリ・チーフのお勧めの場所だ。

スペイン語のポスターがたくさん張られた煉瓦《れんが》造りの壁と、素朴な木でできたシャンデリア。白と赤のチェックのテーブルクロスがかけられたテーブルには、素焼きのキャンドルポットに入れられた蠟燭《ろうそく》が灯《とも》っている。

十一時近い時間なのに、会社帰りらしいスーツ姿の人々で満席だ。テーブルの上には、サングリアの入った大きなピッチャーと、たくさんの料理が並んでいる。

店の中にはスペイン語の明るい曲が流れていて、陽気な雰囲気を盛り上げている。にぎやかで楽しくて庶民的な店だ。

大富豪の御曹司であるガヴァエッツリ・チーフと、高名な建築家の息子である雅樹。二人ともすごいハンサムで、お金持ちで、有名なジュエリーデザイナーだ。いつでも超高級レストランで食事をしていそうなイメージだけど、意外に庶民的なお店が好きみたい。会社帰りの行きつけは座敷のある普通の居酒屋だし、銀座では最近ここがお気に入りだという。

「それじゃあ、あきやのチョーカーが銀座店の路面ショーケースを飾ったことに乾杯！」

悠太郎が言い、僕らはサングリアの入ったグラスを合わせて乾杯をする。

「乾杯。おめでとうアキヤ」

「乾杯。君の実力なら当然かな」

ガヴァエッツリ・チーフと雅樹の言葉に、僕は感激に顔が熱くなるのを感じる。

「あ……ありがとうございます」

「そういえば、きのう本社から連絡があった。一昨日ローマ本店の路面ケースに並べられたマサキのバングルだが……もう買い手が決まったらしいな」

ガヴァエッツリ・チーフが、前菜のハモン・イベリコを食べながら言う。スペイン風サラダ

を食べようとしていた僕は、驚いてしまいながら、

「バングルって……さっきのあのチョーカーと一緒に作られた、アメジストのバングルのことですか？」

「そう。『セミプレシャスストーン・デザイン・コンテスト』のアジア大会で優勝した、あのバングルだ」

「一昨日出されて、もう売れちゃうってすごい。あれって売値はいくらだったっけ？」

悠太郎が呆然《ぼうぜん》とした声で言う。ガヴァエッツリ・チーフが、

「日本円に計算すると……約三千万円だな。中石がアメジストだったから石代が安価に抑えられた。それを考えるとかなりの儲《もう》けになる。もう一人の副社長、金に汚いマジオ・ガヴァエッツリは大喜びだ」

「黒川チーフのバングルが売れたのはめでたいけど、マジオ・ガヴァエッツリが喜んだって聞くとなんだか妙に悔しいよなあ」

悠太郎が言いながら、サングリアをグイッと飲み干す。

マジオ・ガヴァエッツリっていうのはガヴァエッツリ・チーフの実のお兄さんで、もう一人の副社長。お金にめちゃくちゃうるさいし、日本支社宝石デザイナー室をことあるごとに撤廃しようと狙っているから、僕らの宿敵といえる。

バングルというのは手首にはめる太いブレスレットのこと。だから地金はチョーカーほど

使わないし、最上級のものを使ったとしてもアメジストならそんなに高額になることはない。それに外部の職人さんに制作を頼んだ僕とは違って、雅樹のバングルを作ったのは本社の職人さんだ。だから、原価はかなり抑えられたはず。

「バングルで、アメジストで、でも三千万円。それだけ、黒川チーフのデザインの価値が高いということですよね」

僕は、コンテストの表彰式で見たあの美しいバングルを思い出す。

「たしかに、本当に素晴らしいバングルでした」

「マサキの作品のファンは多いからな。まあ、私のファンももちろん同じくらい多いが」

ガヴァエッツリ・チーフが言い、僕はドキリとする。

雅樹のバングルは賞を獲った直後に雑誌に大きく取り上げられたし、大富豪の間で話題になっていたらしい。あっという間に売れてしまったのもうなずける。

「買ったのは、アラブの富豪だったらしい。奥方が持っていたアメジストのチョーカーにぴったりだったそうだ。まあ、すばやく売れたのはめでたいことなんだが……」

ガヴァエッツリ・チーフは雅樹の方を横目で見て、

「……そのせいでマサキは世界大会用のラフを描き直すことになった。あのバングルとセットのチョーカーというコンセプトで描こうとしていたら、その前に売れてしまったのだからな」

「だから店頭に並べるのは待ってくれと言ったんです」

　雅樹がため息交じりの声で言う。

「売れるかどうかは別として……できれば並べて陳列してみたかったのですが」

「目先の金に弱いマジオが、さっさと店頭に出すことを決めてしまった。私が口を挟む暇もなかった。バングルを買った富豪はすでにアメジストのチョーカーを持っているというし、マサキはチョーカーを考えているというから……同じ客が買ってくれはしないだろうしな」

「だから『別の石を使って新しいシリーズにできるものを描け』ですか。まったく勝手なことを」

　雅樹がため息をつく。ガヴァエッリ・チーフが、

「『セミプレシャスストーン・デザイン・コンテスト』の〆切は、来月の末か。ガヴァエッリ本社の職人に制作を頼むのなら、デザイン画は今月末には出さなければいけないだろうな。ということはあと十日間か。デザイン画を描く時間を考えれば、中石をすぐにでも見つけ出さなくてはいけないな」

「そうですね。同時にラフも進行させますが……できるだけ早く中石を調達してそのイメージでデザインを固めたいです」

「使う中石はまだ決まってないんですか？　金庫になかったら、探すのは大変ですよね」

　アジア大会の時、僕は喜多川御堂さんの口添えでなんとかインペリアル・トパーズを手に

入れることができたけれど……あれは本当にラッキーだったんだ。いきなり、想像力をかき立てる理想の石が見つかることなんてとても珍しいことだし。それに今回はなんといってもコンテスト用のものだから中石は半貴石《セミプレシャスストーン》と決まっている。範囲は広いけれど、逆に選ぶのが大変だ。

「まだ決まっていない。先週会議でイタリア本社に行った時に金庫を覗いてみたんだが……ガヴァエッツリの金庫には貴石が多いので、面白そうな半貴石がいまひとつ見当たらなかった」

「とすると、外部の業者から買い取るか、日本支社の金庫か銀座店の金庫を探すしかない？」

悠太郎が言って、ため息をつく。

「外部の業者といえば御徒町《おかちまち》だろうけど……この間見たら、新しい裸石はほとんど入っていなくてあまりパッとしなかったよ。日本支社の金庫も広いけど、やっぱり貴石が多いよね？銀座店の金庫に入れれば、ちょっと変わったものがあるかもしれないけど……」

「あの……もしかしたら御堂さんがユーシン・ソンさんを紹介してくれるかもしれません」

僕が言うと、雅樹とガヴァエッツリ・チーフは顔を見合わせる。それから二人揃って苦笑をして、

「あのユーシン・ソンがインペリアル・トパーズを適正な価格で売ってくれたのは、相手が

ミドウ・キタガワとまだ若いアキヤというコンビだったからに決まっている。マサキのような名の知れたデザイナーが行っても門前払いを食らうか、とんでもない値段を吹っかけられるに決まっている。彼は有名デザイナーが嫌いだし、もともとバイヤーではない。コレクターなんだよ」

ガヴァエッツリ・チーフの言葉に、僕はため息をつく。

「そう……なんですよね。僕がたまたまラッキーだっただけですよね」

「まあ、そう心配することはないよ、あきや。百戦錬磨の黒川チーフだぜ？　ものすごいラッキーですごい中石をどっかから調達してくるに決まってるし」

「たしかに、マサキはいつも、金庫の奥からすごい中石を掘り出してくる。私がしまった、と思うようなものばかりな」

悠太郎の言葉に、ガヴァエッツリ・チーフがうなずいている。雅樹は肩をすくめて、

「あなたが会議ばかりしていて行動が遅いからですよ」

「仕方がないだろう？　会議が大好きな社長ともう一人の副社長のおかげで時間をとられて仕方がない。……そのせいでユウタロとのデートもままならなくて……」

「失礼します。スペシャルシーフードパエリアでございます」

スペイン人らしい店員さんがちょっとなまった日本語で言ってテーブルの上に大きなパエリア皿を置く。上にシーフードがたくさん盛られた美味《おい》しそうなパエリアから、ふわりと香

ばしい湯気が上がる。店員さんが大きなスプーンを使って、お皿にパエリアを取り分けてくれる。

「すっごい、このパエリア！」

パエリアを一口食べた悠太郎が、驚いた声で言う。

「パエリアって、パサパサしてて あんまり美味しくないもんだと思ってたのに！」

言ってから、さらにパエリアを勢いよくかき込む。それを味わってから、

「ここのパエリア、めちゃくちゃ美味しい！」

「そうだろう？」

ガヴァエッリ・チーフが得意げに言い、悠太郎の顔を見てクスリと笑う。自分の頬を指さしてみせて、

「子供みたいだな。頬にパエリアの米粒がついている」

「えっ？　ああ……っ」

悠太郎は手を上げて頬に触れ、ご飯粒のついた指先をパクンと咥《くわ》える。ガヴァエッリ・チーフはなんだかとっても愛《いと》おしげな顔で悠太郎を見て、

「もしも私が恋人なら、キスをして取ってあげるのに」

「なっ！」

妙にセクシーな言葉に、悠太郎は真っ赤になっている。

「放っておいて食べよう。いつまでも漫才を続けそうだ」

雅樹があきれたように言って、パエリアを食べる。僕も笑ってしまいながら、スプーンを取り上げる。そしてふんわりとしたパエリアをスプーンにすくって口に運んで……。

「わあ。たしかに美味しい……！」

一口食べた僕も、思わずうなずいてしまう。

「表面は香ばしいけど中はちゃんとふっくらしていて。サフランと魚介のいい香りがします」

「パエリアを出す店はいくらでもある。しかし美味しいパエリアを食べるのはとても難しい。日本ではもちろんだが、スペイン本国でもね。簡単なようでいて、奥の深い料理なんだ」

「そうなんですか」

パエリアに載せられているのは、大きな手長海老やムール貝をはじめとする新鮮そうな魚介類。僕はジューシーでフワフワのムール貝を味わってみて、思わずうなずく。

「魚介類も、すごく美味《うま》しいです。さすが、銀座は築地《つきじ》が近いんだなって感じ」

「築地が近くても、美味くない店もけっこうある。だから、店はきちんと選ばなければいけないけれどね」

雅樹は言いながら、慣れた手つきで手長海老の殻を剝《む》いていく。器用に動くその指は、長くて、とても美しい。

……そういえば……。

ほぼ一年前。雅樹と初めて二人きりで食事をした時も、シーフードを食べた。その店にはストーンクラブがあって、彼はやっぱりこうして器用に指で蟹の身を外した。

……あの時の雅樹の手を見て、僕はなんてセクシーなんだろう、と思わず赤面してしまったんだ。

あの時のことを思い出すだけで、また鼓動が速くなる。

恋に不慣れな僕はまだ自覚できていなかったけど、あの時すでに、僕は雅樹に恋をしていたんだと思う。

……だって、そうでなきゃ、セクシーに動くこの指に見とれたりしない。

……それに、こうして身体《からだ》のどこかが熱くなったりもしないだろうし……。

雅樹は僕の視線に気づいたかのように顔を上げ、端整な顔に優しい笑みを浮かべる。

「ここの手長海老はとても美味しい」

「本当ですか？」

「……食べてごらん」

剝いた海老の身を、僕の口元に近づける。フワリと湯気を上げるあまりに美味しそうなそれを、僕は思わずパクンと食べてしまう。

口の中に広がる、濃厚な海老の味。プルンと柔らかくて、とてもジューシーで……。

「わあ、甘い。美味しいです」

「そうだろう？」

「……うわあ、なんてことを……」

「……どさくさに紛れて、この二人は……」

悠太郎とガヴァエッツリ・チーフの声に、僕はハッと我に返る。

……しまった！

僕は、真っ赤になりながらあたりを見回す。酔っぱらっている人たちは僕らのことになんか気づかなかったみたいで……少なからずホッとするけれど……。

「……う……っ」

目の前に視線を移すと、悠太郎とガヴァエッツリ・チーフは、しっかりと僕らを見つめている。

「……すみません、どこにいるかをすっかり忘れてしまいました……」

僕は両手で熱くなった頬を押さえる。

「……サングリアで、もう酔っぱらっているのかも……」

悠太郎とガヴァエッツリ・チーフは顔を見合わせて、揃ってため息をつく。

「どこにいるかを忘れてたっていうことは……」

「普段、二人でいる時には、ごく自然にやっているということか？」

「いえ、そんなことは……っ！」

……いや、あるかもしれないけど……。

真っ赤になる僕の横で、雅樹は平然と言う。

「誰に迷惑をかけているわけでもありません。放っておいていただけますか？」

「ああ〜、はいはい。お邪魔してすみませんでしたぁ〜」

悠太郎があきれたように言い、ガヴァエッツリ・チーフが妙にセクシーな流し目で悠太郎を見て、

「二人の所構わぬ熱々ぶりを見ていると、ユウタロに手を出さずに我慢している自分が、なんだか可哀想《かわいそう》になってくるんだが？」

「だから！　オレに手なんか出さなくていいってば！」

悠太郎の顔が、カアッと赤くなる。ガヴァエッツリ・チーフの顔に浮かぶのは、本当に優しくて、でもなんだかすごく苦しげな笑み。

……この二人、本当にお似合いだと思うんだけど。

僕は、二人の様子を交互に見ながら思う。

「……心配しなくても大丈夫。鈍い悠太郎も、そろそろ相手の気持ちに気づくんじゃないかな」

雅樹が、僕にしか聞こえないように呟く。驚いて顔を上げると、雅樹はイタズラっぽく笑

う。

「……こうやって、常に挑発しているしね」

「……あ、だからわざわざ二人の前で？」

僕が言うと、雅樹はさらに笑みを深くして、

「……もちろん、それだけではない。君が可愛くて構わずにはいられないんだ」

「……うう……」

「失礼いたします、サングリアです」

僕がまた真っ赤になった時、ちょうど頼んでいたサングリアのお代わりが来た。ガラスの大きなピッチャーの中には赤ワインと、オレンジやレモンなどのフルーツがたっぷりと入っている。

「あっ、来た来た！　どうも！」

悠太郎が、スペイン人らしいウエイターさんからピッチャーを受け取り、それをみんなのグラスに注《つ》いで回る。

「もう一度乾杯しようぜ！　今夜はあきやのお祝いだからなっ！」

「チーフクラス以外のメンバーの作品も、路面ケースにもっと進出する機会があるといいんだが」

乾杯の後、ガヴァエッツリ・チーフが言う。悠太郎が、

「っていうか、日本支社でチーフクラスじゃないデザイナーは、こんな高額品をデザインすること自体がないってば」

ちょっと怒った声で言う。

「もちろん、あなたや黒川チーフのデザインした商品はいつでもこういう場所に置かれてるだろうから、ありがたみなんかわからないだろうけど」

生意気な口調で言われた言葉に、ガヴァエッリ・チーフは苦笑する。

「私にだって、初体験というものはある。自分のデザインした商品に初めてスポットライトが当てられた時には、やはり感動したものだ」

「そうなんだ」

悠太郎が興味深げに身を乗り出して、

「それってどこだったの？　ローマ本店のショーウインドウ？」

雅樹が、何か言いたげにチラリと眉をつり上げる。ガヴァエッリ・チーフはにっこり笑って、

「『インターナショナル・ジュエリー・コンテスト』のグランプリを獲った時だ。ガヴァエッリ本社のデザイナー室に入ってすぐに応募して、そのまま優勝した。まだ販売用の商品を作り始める前だったからな」

「そうだった……」

悠太郎は頭を抱えてしまう。

「……この人は、常人とは才能のスケールが違うんだった……」

ため息をつきながら言い、それから一縷《いちる》の望みを託すような顔で雅樹を見て、

「黒川チーフは……？」

「俺も同じだな。アントニオが優勝した次の年に入社して、その年の『インターナショナル・ジュエリー・コンテスト』で優勝した」

ガヴァエッリ・チーフも雅樹も、たくさんの大きなコンテストで賞を獲っている。その中でも『インターナショナル・ジュエリー・コンテスト』は世界一レベルが高いといってもいい。

僕は悠太郎と顔を合わせ、二人揃ってため息をつく。

「……黒川チーフもやっぱりスケールが違うみたいだね」

悠太郎の言葉に、少しドキリとする。

……たった一回、『セミプレシャス・ストーン・デザイン・コンテスト』で佳作を獲ったことのある僕と、世界中のコンテストで賞を総なめにしている雅樹とでは、まったくスケールが違うんだ。

グラスを傾ける雅樹の横顔を見ながら思う。

……僕はやっぱり、まだ駆け出しデザイナーなんだよね。

＊

タクシーは渋滞している銀座を抜け、東京《とうきょう》湾沿いの道に出た。

暗い東京湾を横切る、ライトアップされたレインボーブリッジ。海の向こうには、お台場《だいば》の明かりが星のように煌めいている。

僕は雅樹と並んで後部座席に座り、窓から夜景に見とれて……いられればいいんだけど、本当は、僕の頭の中はあのチョーカーのことでいっぱいだった。

……あのチョーカーが売れるまで、ユーシンさんにはインペリアル・トパーズの代金は支払われないままになるんだ。

僕は、なんだかとても責任を感じてしまう。

……ダイヤモンドならまだしも、インペリアル・トパーズを好きな人は限られるだろうし、第一ガヴァエッリ・チーフや雅樹のデザインではなく僕のデザインだ。

……あの値段で、本当に売れるんだろうか？

僕は、窓の外に広がる景色を見ながら、ため息をつく。

……あれが売れなかったら、ユーシンさんにも、そして彼を紹介してくれた御堂さんにも、迷惑をかけてしまう……。

「……恋人と一緒にいるというのにため息をつくなんて、いけない子だな」

隣から聞こえた低い声に、落ち込みそうになっていた僕は、ハッと我に返る。

「す、すみません！」

隣で、雅樹が小さく苦笑する。

「外を見るふりをしても、ガラスに顔が映っているよ。とても心配そうな顔をしていた。もしかして『あのチョーカーは無事に売れるだろうか』そう思っていた？」

図星を指されて、僕は思わず赤くなる。

「はい。あのチョーカーが売れなければ、ユーシンさんにインペリアル・トパーズの代金を払うことができません。もしも僕がすごいお金持ちならそれを立て替えることもできるかもしれないですけど……千五百万円なんて、ものすごい大金で……」

僕は今さらながらその金額に青ざめてしまう。雅樹は、

「もしも君がストレスを感じるようなら、マジオ・ガヴァエッリに掛け合って代金を立て替えることもできる。だが、チョーカーが売れた時にその三十パーセントを支払う、そう決めたのはユーシン・ソンなんだろう？」

「はい」

「それならきっと、会社が立て替えた金など、彼は受け取らない」

雅樹の言葉に、僕は驚いてしまう。

「どうしてですか？」

「宝石王のユーシン・ソンが、とても気紛れで、とても気むずかしい男であることは、君もよく知っているだろう？」

「はい。噂では聞いていましたが……」

ユーシンさんはたくさんの鉱山と、とんでもなく高価な宝石をたくさん所有していることで有名だ。セキュリティーのためか、それとも性格なのか、ずっと謎の人とされてきた。だから気紛れで気むずかしいお爺さんなんだって噂されていたんだ。

実際に会ってみたら三十代半ばくらいで、しかも、ものすごい美形だったから驚いたんだけど。

「ユーシン・ソンは世界に名だたる大富豪だ。もちろん金儲けのためにインペリアル・トパーズを売ったのではない」

雅樹の言葉に、僕はユーシンさんのお屋敷とそのとんでもないコレクションを思い出して、深くうなずいてしまう。雅樹はため息をついて、

「彼は、君とゲームがしたかったんだろう。彼は、君のチョーカーが、速やかに、しかも高額で売れることに賭けたんだ」

「ゲーム？　賭けた？　千五百万円という大金をですか？」

その言葉に、僕は驚いてしまう。雅樹はため息をついて言う。

「一筋縄ではいかないと聞いてはいたが想像以上だ。君をそんなふうに悩ませる条件を出してくるなんて」

僕はユーシンさんのハンサムな顔と、何かを含んだような笑みを思い出す。

「そんなことを聞いたら、ますますプレッシャーを感じてしまうんですが……」

僕は、思わず頭を抱えてしまう。

「どうして僕のデザインなんかに賭けたんだろう？　大富豪の気紛れですか？」

「ユーシン・ソンが、大切なコレクションだった最高級のインペリアル・トパーズを売ったのは、相手が君だったから、そして何よりも君のデザイン画が素晴らしかったからだよ」

「……え？」

その言葉に、僕は驚いて顔を上げる。

「君のデザインは、本当に素晴らしかった。だから一流の職人である喜多川御堂や、世界的な宝石王であるユーシン・ソンの心を動かすことができたんだ」

彼の言葉が、僕の中にゆっくりと染《し》み込んでくる。

「そしてあのチョーカーは、素晴らしい作品になった。きっと一目で心を奪われてしまう人がすぐに現れる」

彼は言いながら手を伸ばし、シートの上に置かれていた僕の手の上に、そっと重ねる。

「心配することはない。君はあの作品のデザイナーとして、自信を持ってその日を待っていればいいんだよ」

「……あ……」

彼の手のひらのあたたかさが、僕の心をゆっくりとあたためてくれる。

「君は素晴らしいデザイナーだ。この俺が保証する」

彼の体温と優しい言葉、そしてその真摯《しんし》な眼差《まなざ》しが僕の鼓動を速くする。

「あ……ありがとうございます……」

僕の唇から、かすれた声が漏れた。

「なんだかちょっと、落ち着けたみたいです」

僕の言葉に、彼は形のいい唇に笑みを浮かべる。

「それはよかった。……もしも気になるのなら、しょっちゅう銀座店に行って、どんなお客さんが買うか見届けてもいいんだよ？　君に夢中の新人販売員くんが、予約が入ったら報《しら》せます、と張り切っていたじゃないか」

イタズラっぽく言われて、僕は慌ててかぶりを振る。

「報せてもらえるのは嬉しいけど、さすがに自分で見に行く勇気はありません。あそこには
……」

「ガヴァエッリ銀座店には、コワい思い出がある？」

「……う……」

素直にうなずけないけれど、実は図星だ。

実は。雅樹のお父さんの婚約者（しのぶさんといってまだ二十歳そこそこのすごい美人）が、銀座店に来て、僕を婚約指輪のデザイナーとして指名したんだ。まさか二十歳そこそこの彼女がお父さんの婚約者とは思えず、しのぶさんが雅樹と婚約するんだと勝手に思い込んだ。そして、めちゃくちゃに苦しんでしまったんだ。

その後、しのぶさんは雅樹のお父さんと結婚して、僕のことも息子みたいに気にかけてくれているし、雅樹は生涯僕だけだと誓ってくれた。だからその件はいちおうめでたしめでたしなんだけど……あの時の気持ちは今でも忘れられない。

「たしかにあの時は大変だったが……あれで二人の絆《きずな》が深まったのも真実だ」

彼が言って、僕の手をそっと握りしめてくれる。

「……あ……」

僕の鼓動が、どんどん速くなる。

「君とこうなることができて、とても幸せだ」

「……雅樹……」

彼の手が僕の手をそっと持ち上げ、その唇に近づける。

……あ、指にキスされる……。

ブルル、ブルル！

僕の耳に、携帯電話が振動している音が聞こえる。僕の鞄からだ。

「……あ……」

僕が思わず目を開けると、雅樹はため息をついて、

「……恋人との時間を中断して、電話に出る気かな？」

「……ええと……今日あたり、母さんから電話が入りそうで……」

「発信者の表示がご家族なら、電話に出てもいい。もしも君に恋している男からだったら、出てはいけない。……いいね？」

間近で囁かれるちょっと怒ったような言葉に、僕は思わず笑ってしまう。

「僕に恋している男なんて、いないのに。……あなた以外には」

囁いて、すぐ近くにある彼の唇にそっと指で触れる。そして雅樹が驚いたように目を見開いたのに気づいて、一人で赤くなる。

……うわ、恥ずかしいことしちゃった……！

彼の手の中から手を引き、鞄の中から慌てて電話を取り出す。液晶画面を覗いて、

「実家からだ。きっと母さんです。……もしもし？」

『晶也？　アパートに電話をしても全然出ないし！　どこにいるの？』

いつもみたいに叱られて、僕は思わず笑ってしまう。

「うん、ちょっと忙しくて。どうかしたの？」

『ねえ。今度の日曜日、銀座に行くんだけど晶也も来ない？』

「あ、うん、いいよ。何かのコンサート？」

うちの両親はクラシックが好きで、よく二人で東京のコンサートホールまで足を運んでいる。またコンサートかな、と思いながら言うと、母さんは、

「お父さんは一緒じゃないのよ。京都《きょうと》に引っ越してしまった女子大時代の親友が、ちょうど東京に来ているの。銀座でお食事しようって約束したんだけど、お店まで行く自信がなくて」

母さんの言葉に、僕はまた笑ってしまう。

「わかった。僕がお店の前までエスコートするよ」

『ありがとう、晶也。頼りになるわ』

僕は母さんを迎えに行く約束をし、そして電話を切る。

「うちの母さんはちょっとボーッとしていて放っておけないんです。うちの家族からお姫様と呼ばれているくらいで」

「聞けば聞くほど、君はお母さん似のようだ。どうしても放っておけなくなる」

セクシーな目で見つめられ、僕はそのまま甘い気分に落ちてしまった。

まさか……あんなことになるなんて思ってもいなかったんだ。

# MASAKI　1

「君の新たな一歩に」

俺が言うと、彼は滑らかな頬を、嬉しそうにフワリと染める。

「ありがとうございます」

黄金色のシャンパンが満たされた、クリスタルのグラス。そっと合わせると、バスルームの湯気の中に、チン、という涼しい音が響く。

お祝いだからさらに飲みに行こうと言うアントニオと悠太郎を振り切り、俺は晶也と一緒にタクシーに乗り込んだ。金曜日の夜だと盛り上がるあの二人に付き合っていたら、家に戻るのは夜中過ぎになってしまうだろうから。俺と晶也は有名なワインショップの前でタクシーを停め、そこでシャンパンを買って、天王洲《てんのうず》にある俺の部屋にいる。オフィスタワーの最上階に近い場所。このバスルームからは、美しい東京の夜景を一望にすることができる。大人二人が入っても余裕のある大きなジャクジーは、この部屋をリフォームする時に俺が選んで入れさせたものだ。あの時は誰かとともに入ることになるなど想像もしていなかったので、この大きさのジャクジーは少し贅沢だろうかと思ったのだが……このサイズにしてよかったとつくづく思う。

バスルームに蠟燭だけを灯《とも》し、氷を満たしたシャンパンクーラーと上等のシャンパン、グラスまで持ち込んで、ジャクジーに浸《つ》かりながら、こうして二人で乾杯をすることができるからだ。

「……いただきます」

晶也が、ジャクジーに似合わない礼儀正しさで言い、グラスを上げる。

珊瑚《さんご》色の柔らかそうな唇が、グラスにそっと触れる。

グラスがゆっくりと傾けられ、メレーダイヤのように煌めく泡がシャンパンの中に立ち上る。白い喉《のど》が、コク、と動いてシャンパンを飲み込む。彼の首には、プラチナのチェーンに通された、プラチナのリングが下げられている。このリングは俺がデザインしたもので、二人の愛の証だ。

「……ん……」

湯気の雫《しずく》を宿した、反り返る長い睫毛。羽ばたく蝶のようなそれが、ゆっくりと閉じられる。

「……美味しい……」

晶也は目を閉じたまま囁き、それからゆっくりと目を開ける。

「あなたの選ぶシャンパンは、いつも、とても美味しいです。今夜のこれも……」

蠟燭の灯《あか》りを反射しながらキラキラと煌めくのは、最上級の琥珀《こはく》に似た美しく透き通る瞳。

「……あ……」

俺の視線の熱さに気づいたのか、瞬《まばた》きを速くする。

「今夜のこれも……その先は？」

言って、シャンパンを味わってみる。銀座にあるワイン専門店で買ったこれは、初めて試す銘柄だった。高価ではなく、実は当たり年のものでもない。しかしたくさんの名品を造り上げた生産者によるシャンパンなので、信頼はしていたのだが……。

「……とても美味しいです。フルーティーで、泡がいい感じで、だけど軽すぎなくて……」

晶也は言ってから、ふいに笑みを浮かべる。

「なぁんて。生意気なことを言ってしまいました。シャンパンを飲みながら素敵なことを言えたら、大人って感じがして格好いいんですけど」

「もっと大人になりたい？」

「はい。デザイナーとしても、社会人としても、僕は本当にまだまだですから」

彼は少し寂しげに言って、ゆっくりと残りのシャンパンを飲み干す。

それから目を上げて、その美しい瞳で俺を真《ま》っ直《す》ぐに見つめる。

「……あなたみたいな、大人になりたい……」

彼の琥珀色の瞳が、灯されている蠟燭の灯りを反射してキラキラと煌めく。

水滴を浮かべた滑らかな首筋、そこから肩にかけての美しいライン。見ているだけで、俺の中の獣が目を覚ましそうだ。

俺は彼の手から空になったグラスを取り上げ、自分のグラスと一緒に窓際に置く。

そして彼の肩を引き寄せ、その首に手を回してチェーンを外す。これは二人の間では『抱きたい』という合図だ。

「……あ……っ」

それだけで、彼はその美しい耳たぶをバラ色に染める。

「まだ慣れないんだね。チェーンを外されただけでそんなふうに頰を染めたりして」

囁いて目元にキスをすると、彼は目を閉じたまま小さく喘《あえ》ぐ。

「……だって、お湯が動くと……」

「お湯が動くと、何？」

両手で肩を包み込んでやると、彼が小さく息を吞《の》み込んで、身体を震わせる。

「……くうっ……！」

「もしかして、シャンパンを飲んだだけで……」

俺は手を伸ばし、晶也の首筋に手のひらを当てる。

「……どこかが硬くなっている？」

濡れた首筋を撫で、囁くだけで……晶也は小さく喘いでしまう。

「……や、そんなことありません……」

「本当に？」

俺は囁きながら、彼の美しい象牙《ぞうげ》色の肌の上に手のひらを滑らせて……。

「……あぁっ！」

晶也が小さく声を上げる。俺の指先が、彼の乳首の上をかすめたからだ。

「これでも、硬くなっていないと言うのかな？」

お湯の中、彼の美しい屹立《きつりつ》は、何かを切望するように硬く尖《とが》っていた。

「……あっ、あっ……！」

そっと握り込み、親指の先で先端をくすぐってやると、晶也は甘い声を上げて身体を震わせる。

「……ああーっ！」

「本当に感じやすい。ほんの少しくすぐっただけで、そんなふうに甘く喘ぐなんて」

「……あっ、だって、ああっ！」

キュッと側面を扱《しご》き上げてやると、感じている証拠に、晶也の声がさらに熱くなる。

「……や、雅樹ぃ……っ」

晶也は、微かに語尾のかすれるとても甘い声をしている。

「……あっ……ダメ……ダメ……っ」

普段から色っぽいその声が、こんなふうに甘く濡《ぬ》れると……。

「……君の喘ぐ声は、本当に色っぽい」

俺は彼の身体を引き寄せ、その耳に囁きを吹き込む。

「……聞いているだけで、我慢ができなくなりそうだよ」

「……ああ……あなたの声こそ、ものすごくセクシーで……」

晶也は荒い呼吸の下、仔猫のように俺の肩に頬を擦り寄せながら囁く。

「……そんなふうに囁かれたら……」

「囁かれたら？　何？」

美しい屹立を扱き上げながら耳たぶにそっとキスをすると、晶也の身体がたまらなげに震える。

「……イき……そう……あああっ！」

俺は先走りの蜜を漏らす先端に、親指でヌルヌルと円を描いてやる。

「……ダメ……ダメです……お湯が汚れ……あ、ああーっ！」

晶也が全身を震わせ、俺の腕の中で背中を反り返らせる。

「……くう、んん……っ！」

屹立が、ビクビクッ、と震え、お湯の中に、彼の欲望の蜜が勢いよく放出される。

晶也は泣きそうな顔でかぶりを振り、ぐったりと俺にすがりつく。

「……ああ、ダメって言ったのに……」

そして、とても色っぽいかすれ声で囁く。

「……雅樹の、イジワル……！」

涙を含んだ彼のその声は、俺の理性をいつでも綺麗に吹き飛ばす。

「君が欲しい。……いい？」

俺が聞くと、晶也は恥ずかしげにうなずいてくれる。

「僕も……あなたが欲しい……」

俺たちは互いを抱きしめ合い、一つになって高みに駆け上り……。

# AKIYA 2

……十二時半。約束の時間から、三十分も経《た》った。

日曜日の銀座。人々が行き交う和光《わこう》前。腕時計に視線を落としながら、僕はかなり焦っていた。

……母さんがいいって言うから銀座で待ち合わせにしたけど……やっぱり、東京駅まで迎えに行くべきだったかも……！

僕の実家のある駅からは急行が出ていて、それに乗れば東京駅まで三十分で着ける。東京駅から銀座までは山手線《やまのてせん》か丸《まる》ノ内《うち》線を使えばいいだけで、来るのは難しくないと思ったんだけど……。

僕は、母さんの携帯電話にもう一度電話をかけるけど……。

『おかけになった電話は、電波の届かない場所にあるか、電源が入っていないためかかりません』

同じメッセージが流れるばかりだ。

……まだ地下鉄に乗ってるのかな？　きっと、ここまで来るのに迷ってるんだ……！

僕は思いながらため息をつき……。

「晶也！」

人混みの中をすかし見ていた僕は、後ろから声をかけられて慌てて振り返る。人混みの向こうで手を振っているのは、篠原亜也子《あやこ》。僕の母親だ。

「もしかして迷った？　東京駅まで迎えに行けばよかった？」

僕が焦りながら言うと、母さんは不思議そうに首を傾《かし》げてから、にっこり笑う。

「迷ってないわよ。早めに着いたから、千疋屋《せんびきや》さんに行ってイチゴを買ってたの」

得意そうな顔で言う彼女の手には、『銀座千疋屋』の紙袋が下げられている。僕は驚いてしまいながら、

「早めに着いた？　僕の時計、進んでるのかな？　今、十二時半なんだけど」

「だって待ち合わせは十二時半でしょ？」

「えっ？　待ち合わせは十二時にしようって言われたと思ったんだけど……？」

「えっ？　待ち合わせは十二時半にしようって言ったと思ったんだけど……？」

僕と母さんは言いながら顔を見合わせ、同時に吹き出してしまう。

「ごめん、僕の思い違いかも。ここに父さんや慎也《しんや》兄さんがいたら……」

「……また、あきれられちゃいそうね。私が勘違いしたかも。待たせてごめんね」

母さんは言って、まるで女子学生みたいに朗《ほが》らかに笑う。僕と母さんは二人ともボーッとしているらしい。だから兄さんや父さんに、いつもあきれられたり笑われたりしているんだ。

「待ち合わせの時間は大丈夫なの？」

僕が聞くと、母さんはうなずいて、

「ええ。待ち合わせしているのは、一時。だから待ち合わせには間に合うわ」

母さんが言って、その手をさりげなく僕の腕に絡ませる。

悠太郎に言わせると『二十歳過ぎて母親と腕を組んで歩ける男なんて、あきやくらい』らしい。だけど母さんは昔から自然にこうするので、照れたり反抗したりする暇もなく今に至ってしまった。もちろん、反抗期なんてものを経験した覚えもない。

娘時代にはずっと箱入り娘だった母さんを、父さんは結婚してからもずっと甘やかしてきた。そして僕や兄さんも、トボケてて可愛い母さんのことをずっと大事にしてきた。だから、母さんは、今でもこんなふうに浮き世離れしたお姫様っぽい人なのかもしれない。

母さんは白いコートの上に、綺麗なピーチピンクのスカーフを巻いている。襟元にはスカーフとよく合った、金とピンクトルマリンのペンダント。スカーフも、ペンダントも、見覚えがあるもの。スカーフは僕の家によく遊びに来ている僕の親友の悠太郎が誕生日に贈ったもので、ペンダントは僕がデザインして贈ったもの。母さんはどちらもとても大切にしてくれている。

「今日会うお友達は、よく話している西大路華世《にしおおじはなよ》さん。何年か前にうちに来たわよね？　あの後彼女の仕事が忙しくなってしまって、なかなか会えなかったのよね」

母さんは華奢《きゃしゃ》で、百七十センチちょっとの僕よりも、十五センチくらい背が低い。そして実年齢を聞いても誰も信じないほどに若い。チラリとショーウインドウを見たら、腕を組んで歩いている僕たちは、なんだかちょっと恋人っぽく見える。

肌の色が白いのと髪や瞳の色素が薄いせいで、僕はよく母親似だって言われる。だけど、改めて見てみると僕と母さんはあんまり似ていないなって思う。母さんはこうして見ると、やっぱりすごく綺麗だし。

普段、男らしくて逞《たくま》しい雅樹と一緒にいることが多いから、なんだか自分がか弱いような気がしてきてしまうけど……母さんといる時には、僕だってちゃんと男なんだぞって感じがする。だから、男として母さんをちゃんと守らなきゃって思ったりして。

「お店があるビルの名前はなんだっけ？　迷わないようにちゃんとお店の前まで案内するよ」

「ええと～……ちょっと待って、この中にメモがあるはず！」

母さんは立ち止まり、ハンドバッグの口金を開ける。だけど慌てて開けたからバッグが傾いて、中身のコンパクトや口紅が、バラバラと零《こぼ》れてしまう。

「ああ、恥ずかしい！」

言いながら、ハンドバッグを閉めるのを忘れたままでしゃがもうとする。だから、屈《かが》んだ拍子に、お財布やメモ帳まで落ちてしまって……。

「きゃあ、お財布まで……っ！」

「母さんはそのままにしてて！」

僕は言って道路に零れたお財布やコンパクトを拾い、転がってしまっていた口紅を慌てて追いかけて、拾ってくれた人にお礼を言い……。

「これで全部かなあ？」

口紅のケースの表面をハンカチで拭《ぬぐ》ってあげながら、僕は周囲を見渡す。

「何か足りないものはある？」

言いながら口紅を渡すと、母さんはなんだかすごく嬉しそうな顔で僕を見上げて、

「大丈夫、これで全部よ。……晶也、紳士的で素敵」

「え？」

「昔は本当に可愛くて、みんなからお姫様みたいだって言われていたのに……一人暮らしを始めてからすっかり大人っぽくなったみたい」

「本当？」

普段言われ慣れていない言葉に、僕はちょっと赤くなって自身の身体を見下ろす。

……学生時代から身長も体重も実はまったく変化してない。少しも逞しくなっていなくて

情けないなって思っていたんだけど……もしかして、見た目もちょっと男っぽくなったのかな？

「見かけは、相変わらず可愛いままだけどね」

付け加えられたその言葉に、僕はがっくりと肩を落とす。

「あ、でも……」

母さんは、改めて僕をまじまじと見つめて、

「そのスーツ、すごく素敵。ネクタイの色もすごく趣味がいいし……やっぱり東京でデザイナーをやっていると、こんなふうにお洒落《しゃれ》になるのね、きっと」

感心したようなその言葉に、僕はちょっと赤くなってしまう。

「いや、これを選んでくれたのは、実は会社の上司なんだけど……」

今日着ているのは、あたたかいブラウンのスーツと、白のワイシャツ。スーツの色によく合った若々しいストライプのネクタイ。その上にベージュのロングコートを羽織っている。

実は、今日の服は僕が選んだんじゃない。雅樹の行きつけの店で上から下まで彼が選んでくれたもので、今の一番のお気に入りだ。

そこは、本店がイタリアにあるお店で、ほとんどのお客さんがスーツをフルオーダーするらしい。日本人離れしたモデル並みの体型をしていてしかもお洒落な雅樹は、もちろんいつもフルオーダーだ。雅樹は僕にもフルオーダーのスーツをプレゼントしてくれるつもりだっ

たみたいだけど……僕は頑張ってローンを組んで、あえて自分でこのスーツとコートを買った。イタリア製の生地でのフルオーダーはとても手が出なかったから、国産の生地のセミオーダーになったけどね。

雅樹は大人で、しかもすごいお金持ち。だからなおさら、彼に高価なものを買ってもらうのには抵抗がある。だって僕だって社会人だし、それに何より、早く一人前になって彼にふさわしい男になりたいって思っているから。

自分で買ったこの服が大人への第一歩って感じがして……僕はちょっと誇らしくなる。

「よく似合ってるわ。もしかしてその上司って……晶也がよく話している黒川チーフ？」

その言葉に、僕の心臓がドクンと跳ね上がる。

上司である雅樹と恋人同士だということは、もちろん両親にはカミングアウトしていない。ひょんなことから慎也兄さんにだけはバレてしまったんだけど……兄さんは男同士の恋愛というものがどんなものかピンとこないみたいで、今でも僕と雅樹はキスしかしたことがないんだと思い込んでしまってる。

……もちろん雅樹のことを隠したくはない。だけど、僕にとっては雅樹は運命の人。一生をともにするつもりの相手だ。

……だから、カミングアウトは絶対に失敗できないんだ。

両親にカミングアウトするのは僕が一人前のジュエリーデザイナーになってからと決めて

いるから、まだ少し先だろうけど……できれば今から雅樹にはいい印象を持っていて欲しい。

僕はなんだか妙に緊張してしまいながら言う。

「うん、黒川チーフが選ぶのを手伝ってくれたんだ。僕じゃあ、今ひとつよくわからないし」

「さすが黒川チーフね。本当にセンスがいいわ」

母さんは両手を胸の前で組み合わせて、楽しそうに言う。

「それに、黒川チーフ、センスがいいだけじゃなくて本当に素敵よね！」

その言葉に、僕の心臓がトクンと高鳴る。

実は。この間実家に帰った時、母さんが『晶也の働いているデザイナー室ってどんなところ？』と言いだした。だから、デザイナー室でケータイで撮った写真を見せた。ほとんどが僕と悠太郎、それに後輩の広瀬《ひろせ》くんやら柳《やなぎ》くんやらが映っているものだったんだけど……一枚だけ、悠太郎が面白がって撮った雅樹の写真があったんだ。

撮ったのは、たしか就業時間が終わってすぐだった。雅樹はほかの部署の誰かと電話をしているところだったと思う。

彼はまるで彫刻みたいに端麗な横顔をこちらに向け、大きくて美しい手で受話器を支えて何かを話しているところだった。

逞しい身体を包む渋いチャコールグレイのスーツ、皺《しわ》一つない白のワイシャツと趣味のいいた。

いブラウンのネクタイ。恋人の欲目を差し引いても、雅樹は都会的で、すごくスマートで……。

母さんは雅樹を見て『なんてハンサムなのかしら！　それにお洒落だし！』とはしゃいでいた。

母さんがはしゃぎすぎて父さんはちょっと嫉妬しちゃったし、雅樹をライバルと公言してはばからない兄さんはムッとしてしまうし、あの時は大変だったんだけど……。

「ところで晶也！　この間も聞いたけれど、本当に、今、恋人はいないのよね？」

いきなりの母さんの言葉に僕はものすごく驚いてしまう。

まるで『本当は雅樹と恋人同士』ってことを読まれたかのようで、僕は思わず青ざめる。

「いや、だから、今は恋人はいないって……」

「うん。それならいいわ」

母さんはなんだか妙に楽しそうな顔をしてにっこり笑う。僕はそのやけに嬉しそうな笑顔をちょっと疑問に思いつつ、でも母さんがあっさり流してくれたことにホッとする。

……別に雅樹とのことを気づいていたわけじゃないみたいだ。

「でも、晶也みたいないい子に彼女がいないなんて、意外だわ！」

実は彼氏はいるんだけど……と心の中で思いながら、僕は苦笑する。

「いや、僕は全然モテないし」

「気づいていないだけじゃない？　意外にすごいお嬢様に迫られていたりして」

僕は、ふいに思い出す。たしかに大富豪・劉《ラウ》家のアラン・ラウさんや、香港《ホンコン》の大富豪・李《リー》家の子息だったレオン・リーくんは僕に迫ってきた。

……でも、今は二人がカップルって感じだし。それに第一、二人とも男だし。

「お母さんがお母さんでなければ、晶也みたいに綺麗でいい子は絶対に放っておかないのに！」

拳《こぶし》を握りしめながら言われて、僕は笑ってしまう。

「母さん、親の欲目って言葉を知ってる？」

「本当に自覚がないんだから。高校生の頃、晶也に憧れていた子が数え切れないほどいたんだって慎也が言ってたわよ。でも晶也は全然気づかなかったっていうし。そのボーッとしたところは誰に似たのかしらねえ」

「そこは、母さん似かもしれない」

僕の言葉に、母さんは小さい拳を振り上げる。

「なんですって？　私は全然ボーッとしていなくて……」

「母さん、このビルじゃない？」

僕は母さんの言葉を遮って言い、さっき母さんから渡されたメモ帳とビル名を見比べる。

「ええと……ビルの名前は西大路ビル、お店の名前は『京料理　祇園華《ぎおんばな》』だよね？」

僕はビルの壁に取り付けられた、真鍮《しんちゅう》の案内板を見ながら言う。

「ああ、そうそう！　このビルの五階よ！　よかったわ、無事に着いて！」

僕らが立っていたのは、石造りの外観を持つ重厚なビルの前だった。

和風の意匠の施された真鍮のドアの前には、きちんとお仕着せを着たドアマンがいる。まるで、海外の高級デパートの入り口か……じゃなかったらガヴァエッリの銀座店の入り口みたい。

「いらっしゃいませ」

ドアマンが恭しく言って、ドアを開けてくれる。ドアの向こうに広がるのは、明治《めいじ》時代の富豪の屋敷を思わせるような、豪奢なエントランスホール。僕は思わず緊張して立ち止まってしまう。

「ご苦労さまです」

母さんは楽しそうな声で言って、すっと中に入っていく。僕は慌ててその後に続く。

「母さんは意外に剛胆なんだね。小心者の僕は、こんな立派な建物に入る時にはつい緊張しちゃうけど」

エントランスロビーを抜け、真鍮でできた時代がかったエレベーターのボタンを押しながら、僕は苦笑する。母さんは、あら、と笑ってから、

「普通なら私も緊張しちゃうけど、ここは実は学生時代に何度も来たことがあるのよ」

「……え？」

「このビルの名前に気が付かなかった？　西大路ビル。ここは、これから会う西大路華世ちゃんのお祖父様が建てたビルなのよ」

あっさりと言われた言葉に、僕は呆然としてしまう。

「銀座にこんなすごいビルを持っているなんて西大路さんの家ってすごいお金持ちなんだね」

「そうみたいねえ。華世ちゃんのご実家は京都だから、詳しくは知らないけれどね」

人の家柄とかを全然気にしない母さんは、あっさりと言う。

僕は、何年か前に実家で会った西大路華世さんとその旦那さんのことを思い出す。

二人ともほんわかした感じで、全然気取ってなかった。母さんの作った手料理を美味しいって喜んで食べていたし、おみやげは華世さんの手作りの素朴なフルーツケーキだったし。

僕らはエレベーターで五階まで昇り、そこで降りる。

「まあ、懐かしいわ！」

そこは、ビルの中とは思えないような不思議な空間だった。

広いエレベーターホールは、まるで京都の町家の壺庭みたいな造りだった。細い竹でできた竹垣に囲まれ、下には細かい玉石が敷かれている。苔《こけ》むしたいくつもの石が置かれ、ライトアップされた花瓶には、驚くほど鮮やかに紅葉した、モミジの枝が生けられていた。

「わあ、紅葉してる！」

僕は美しい葉に触れながら言う。

「東京にいると、季節なんかすっかり忘れてしまうけど……」

「あと十日ほどすれば、京都のモミジもこんなふうに紅葉いたしますよ」

いつの間にか近づいてきていた、紺の着物をピシリと着た壮年の男の人が、にこやかに言う。

「お久しぶりです、篠原様。銀座店オーナーの石原《いしはら》でございます」

「きゃあ、石原さん、お久しぶりね」

「亜也子ちゃん、それに晶也くん」

母さんのはしゃいだ声に答えるように、客席の方に続くらしい小道から、一人の着物姿の女性が小走りに出てきた。

柔らかなクリーム色に淡い色のモミジの柄のある着物。そこにいたのは、母さんの女子大の時の親友だった女性。西大路華世さんだった。

「まあ、華世ちゃん。久しぶりね。その着物、素敵！」

「本当にお久しぶり。亜也子ちゃんのそのスーツもすごく素敵よ！」

二人は駆け寄って、まるで女子高生のように両手を合わせている。

西大路華世さんは、いかにも母さんと気が合いそうなほんわかした雰囲気の人だ。

料理好きが高じて息子を独立させた後にフードコーディネイターになり、今では業界ではけっこう有名な人になっているらしい。

彼女は母さんと手を取り合って再会を喜んでから、僕に視線を移す。

「まあまあ、晶也くん。すっかり大人っぽくなって。前に会った時は大学生だったわねぇ？」

いちおう標準語だけど、発音に京都弁の柔らかさの混ざる話し方は、『はんなり』という言葉が似合いそうな彼女の、上品でおおらかな雰囲気にとてもよく合っている。にっこり笑ってもらえて、こっちまでなんだか心があたたかくなるみたい。

「はい。ご無沙汰《ぶさた》しています」

僕は言って、彼女に頭を下げる。

「あの時はまだまだ紅顔の美少年って印象だったけれど、すっかり素敵な美青年になって。亜也子ちゃんからいつも、慎也くんと晶也くんの自慢話を聞かされているのよ」

「うふふ、だって慎也も晶也も自慢の息子だもの」

僕は二人の様子を微笑《ほほえ》ましく見て……お店のオーナーが二人を案内しようとして待っていることに気づく。

……店の入り口であんまり長話していても、迷惑だよね？

「あの、そうしたら、母をお願いします。僕は失礼しますのでどうぞごゆっくり」

「あら、もう帰ってしまうの？」

「ええ。今日はエスコートだけの約束でしたから」

「もしかして、何か大切な用事でも？」

すごく寂しそうな声で華世さんに言われて、僕は言葉に詰まる。

本当なら、母さんを店まで送った後で雅樹の部屋に寄りたかった。だけど、彼はそろそろ『セミプレシャスストーン・デザイン・コンテスト』の世界大会のためのラフを描き始めなくてはいけない時期。会いたいけれど、迷惑になったら申し訳ないし、と迷っていたんだけど……。

「もしも急ぎの用事がないのなら、せっかくだからお話がしたいわ」

華世さんは華奢で、母さんと同じくらい背が低い。こうやってすぐそばから潤んだ目で見上げられると、なんだか断れない感じになってきて……。

「ええと……特に急ぎの用事はないんですが……お邪魔ではないですか？」

「何を言ってるのよ、晶也？　じゃあ決まり！」

母さんが言って、僕の腕に腕を絡ませる。僕は苦笑しながら、二人と一緒に店の中に入る。

店内はすべて個室になっているみたいで、両側に座敷が並んでいる。

打ち水のされた飛び石の上を歩き、僕らは店の一番奥まで案内される。

「どうぞ、こちらでございます」

オーナーが頭を下げ、奥の座敷に続く障子を開けてくれる。

そこは十畳くらいありそうな、広々とした座敷だった。奥には立派な屏風《びょうぶ》が置かれ、青青とした畳の上には座布団と、まるで昔の結婚式にでも使われそうな朱塗りのお膳が並び……。

「えっ？」

そこには、すでに若い男女がいた。空《から》だと思ってた座敷に人がいたことに気づいて、僕はオーナーが座敷を間違えたんだろうと思う。

「どうぞ、ごゆっくり」

だけど、オーナーは気にせずにそのまま踵《きびす》を返してしまう。

座敷にいた二人は、こっちを振り返り、なぜか僕をジッと見つめている。

「……あ……っ」

僕を見つめる二人の視線はあまりにも遠慮がなくて、僕は怒られているのかと思って動揺してしまう。

……そ、そうだよね。こんな立派なお店でのデートを邪魔されたら、誰だって……。

「す、すみません、あの……」

「さあさあ、遠慮せずに上がって」

「……え……？」

「急にごめんなさいね。この二人は、私の甥《おい》っ子と姪《めい》っ子。東京見物がしたいと言って、京都からついてきてしまったのよ」

華世さんが言いながら草履《ぞうり》を脱ぎ、さっさと座敷に上がっていく。

「まあ、こんにちは。ゆり華《か》ちゃんと怜一《れいいち》くん？　華世ちゃんから聞いているわよ」

母さんは言いながらハイヒールを脱いでさっさと座敷に上がり、手前の座布団に座ってしまう。革靴を脱ぐのに手間取った僕は、座敷に上がるけど……座敷の一番奥、上席しか空いてない。しかもそこは、僕をきつい目つきで見つめている派手な着物のお嬢様の向かい側で。

「……僕は急に来たんだから、末席でいいってば。母さんが奥に行って」

僕は母さんの後ろで身を屈めて囁くけど……、

「私は、華世ちゃんと積もる話があるの。遠慮せずに奥に行ってね」

母さんにあっさり言われて、恐る恐る一番奥の座布団に座る。

向かい側に座る二人にじっと見つめられて、とても居心地が悪い。

「それじゃあ、紹介するわね。こちらが、姪っ子のゆり華」

華世さんは言って、僕の向かい側に座っている女性を示す。

「西大路ゆり華です。よろしくお願いいたします」

言葉の語尾にほんの少し京都弁の名残《なごり》を含ませて、彼女は言う。華世さんと同じようなイントネーションなんだけど、なぜか彼女が使うと妙に無感情に聞こえる。

彼女は美人で、まるで女優さんのようにパーツの一つ一つが派手だ。その顔立ちに、紅色の地に鮮やかな花が咲く華やかな着物はよく合っている。だけど、まるでお見合いの席にでもいるかのようなその姿は、ひなびた風情のこの座敷からは妙に浮いている。

「それからこっちが甥っ子……ゆり華の兄の怜一よ」

スーツを着た男性が、にっこり笑う。年齢は僕と同じくらいかな？　光沢のある生地で作ったグレイのスーツ、派手なイエローのネクタイ。妹さんによく似た、俳優みたいな派手なハンサム。着ている本人の雰囲気で、趣味が悪くなる一歩手前で、ギリギリお洒落に収まっている感じ。

「西大路怜一です。どうぞよろしく」

彼の言葉の語尾にも、京都弁の響き。だけど妹のゆり華さんと同じように、妙に感情が読めない気がする。それはきっと彼も整った顔をしていて、口元は笑っていても視線が妙に鋭いからかもしれない。

「いらっしゃいませ。『祇園華』へようこそ」

失礼いたします、という声に続いて、さっきのオーナーと、そして和服の女将《おかみ》さんらしき人が障子を開けて入ってくる。

二人はテキパキと動いて、各自のお膳の上に、食前酒と綺麗に盛られた前菜を並べていく。

「食前酒は『柚子《ゆず》リキュール』、前菜には『焼鯖《さば》の豆寿司』『あん肝豆腐』『刺身湯葉』でご

ざいます」

「うわ、美味しそう。それにすごく綺麗」

僕は思わず言ってしまい、女将ににっこり微笑まれる。

「おおきに」

……うわ、ちょっとしたところは京都弁なんだな。

ざっくりとした磁器のお皿の上には船の形の器。綺麗な前菜がバランスよく盛られていて、その上には綺麗に紅葉した、モミジが飾られている。まるで両岸が紅葉している川を下る船みたいで、すごく可愛らしい。

「みなさん遠慮なく召し上がってね。最近は、この『祇園華』の料理のプロデュースもしているの。このお料理も私が考案して、うちの料理人に……」

華世さんの説明を聞きながら、前菜に箸をつける。どれも薄味で、でもダシが効いていて上品でとても美味しい。

「すごく美味しいですね」

実はけっこうお腹《なか》が空いていた僕は、小ぶりな前菜をすぐに完食してしまう。

それから、向かい側にいるゆり華さんが湯葉を一口食べただけで箸を置いたことに気づく。

……もしかして、豆類がダメだとか？

ちょっと心配になった僕の方に、怜一さんが身を乗り出して小声で言う。

「ゆり華は少食なんです。気になさらないでください」

「……はあ」

……それにしても、こんな手の込んだ高価そうな料理、しかも叔母さんである華世さんがプロデュースした料理を彼女の目の前で残すなんて……どうなんだろう……？

「ところで、晶也さんのご趣味は？」

「えっ？」

怜一さんにいきなり聞かれて、僕は戸惑ってしまう。

「ええと……絵を描くことです。でも今はそれが職業になっていますから、趣味といえる趣味はないような……」

「ゆり華の趣味は、乗馬、お茶、お華、それから日本舞踊かな。なかなかの腕前なんですよ」

……わあ、やっぱり僕とは住む世界が違う人たちって感じがする。

「晶也さんって、本当に綺麗なお顔をなさっているのね。お肌もすべすべ」

ゆり華さんがいきなり身を乗り出して言い、僕はちょっと面食らう。

……自分の見かけがあんまり男らしくないこと、実はコンプレックスなんだけど……。

「睫毛が長くて、反り返っているんですね。それにとても綺麗な瞳の色だ。本当に、ビスクドールのように美しいな」

怜一さんにまで言われて、僕は内心ため息をつく。

……それって、男の僕にとってはバカにされてるとしか……。

「ええ。本当にお人形みたい」

いかにも興味津々って顔で二人に見つめられて、僕はまるで自分が動物園の檻《おり》の中の動物になったような気がしてくる。

「晶也さん、今、恋人はいないんですよね？」

怜一さんに聞かれて、僕は思わず冷や汗を流す。

……いや、本当は運命の男性がいるんだけど、初対面の彼らに、しかも母さんがいる前でそれを言うわけにはもちろんいかなくて。

「……ええ、まあ……」

「うちのゆり華みたいな跳ね返りには、晶也さんみたいな人がお似合いじゃないのかな？」

「お兄様ったら、もう！」

……なんなんだろう、この妙な雰囲気？

……なんだか、まるでお見合いみたいな……？

僕は、一人分離れた隣に座っている母さんを横目で見て……母さんがチラリと舌を出したことに気づいて驚いてしまう。

……もしかして……？

そういえば、この座敷にはお膳と座布団が五つ並べられていた。僕を見てから用意したにしては早すぎるタイミング。しかも料理が五人分、スムーズに出てくるし。

……もしかして、最初から、僕も人数に入っていたとか……？

「まあ、バレてしまったかしら？」

華世さんが楽しそうに言う。

「ゆり華が、家にあった晶也くんの写真を見て、どうしても会いたいって言いだして……東京に行くって言ったら、ついて来てしまったのよ」

……えええっ？

「まあ、叔母様ったら、それは秘密にするって約束でしょう？」

ゆり華さんが、怒ったように言う。

……謀られた……。

でも。母さんが、怒ってる？　という顔で首を傾げて、僕は思わず苦笑してしまう。

……母さんにはいつもかなわない。しばらく付き合ってあげよう。

「そうそう、ゆり華と怜一は、しばらく東京に滞在するのよ。……ゆり華、晶也くんに東京を案内してもらったら？」

……えっ？

その言葉に、僕はちょっと青ざめる。

……はっきり言って、このワガママそうなお嬢様をガイドできる自信は、ない……。

「叔母様ったら。私みたいな田舎者を案内するなんて、きっと篠原さんが御迷惑ですわ」

「え、ええと……京都市内にお住まいなんですよね？　全然田舎じゃない気がしますけど……」

「にぎやかな東京から比べたら本当に田舎ですのよ、ねえ、お兄様」

「そうです。京都はとても狭くて、僕らはほんの田舎者ですよ。デザイナーをしている晶也くんから見たら、一目瞭然《いちもくりょうぜん》じゃないですか？」

二人は言い合って笑い、それから反応を確かめるように僕を見る。

「いえ、あの……お二人ともすごくお洒落だし、素敵ですよ」

慌てて言うと、二人はやけに嬉しそうに笑う。

「お世辞は必要ないんですよ、晶也くん」

「私たち、本当に田舎者ですから。ねえ、お兄様？」

助けを求めて振り向くけど、母さんと華世さんはもう別の話題で盛り上がっている。

……なんなんだろう、この兄妹の相手は、めちゃくちゃ疲れるんだけど。

美大は全国的にも数が少ないせいか、様々な地方から学生が入学してくる。美大出の『ガヴァエッリ・ジョイエッロ』のデザイナー室のメンバーも、ほとんどが東京でなくて地方の出身だ。悠太郎は九州《きゅうしゅう》、広瀬くんは青森《あおもり》、柳くんは北海道《ほっかいどう》、野川《のがわ》さんは長野《ながの》、そして長谷《はせ》さんは沖縄《おきなわ》。僕も実家は千葉だし。東京出身なのは、雅樹くらいかな。だから美大の出身者は、どの地方がどこよりも田舎で……みたいな話題は、なんとなく避けるようになる。僕は自然の多い田舎が大好きだけど、自分の出身地が都会じゃないことを妙に気にしてる人もたまにいるし。

「でも……京都って、鴨川《かもがわ》があったり、嵐山《あらしやま》があったりして、すごく自然が綺麗だって聞きました。風情があってうらやましいです」

「何もないし、ただの田舎ですよ」

「でも由緒正しいお寺とかが多くて、美術をやっている者にとっては憧れの場所です」

「そうですか？　住んでしまうと退屈なだけです。本当に田舎で」

怜一さんは言うけど、その口調はいかにも、謙遜《けんそん》してます、って雰囲気。だから僕は必死でそれを否定してあげなきゃならない感じで……。

……こんなことを言っては申し訳ないかもしれないけど……。

僕は内心ため息をつきながら思う。

……なんだか、めちゃくちゃ消耗するんだけど。

たまたま周りに京都出身の人がいなかった僕に、初めてできた京都出身の知り合いがあのチョーカーを作ってくれた喜多川御堂さんだった。だから僕は、京都出身の人って意外にざっくばらんなのかな？　って勝手に想像してしまっていた。

……でも、やっぱり人それぞれなんだろうな。この品のいい兄妹と、あの口の悪い御堂さんに共通点は全然見当たらないしね。

「そういえば、この指輪、買ったばかりなんです。どうかしら？」

ゆり華さんが言って僕に手の甲を向け、指にしているダイヤモンドの指輪を見せる。

「ほんの安物だから、デザイナーさんの前でするのは恥ずかしいんですけど」

職業柄なのか、人がしているジュエリーはついつい見てしまうんだけど……さっきからものすごい指輪をしているな、とは思っていた。

「安物だなんて、そんな。すごいです。本当に大きい」

彼女は、その細い指に不釣合いなほど大きなダイヤモンドの指輪をしていた。プラチナでできた台座は、そのダイヤの大きさをさらに誇張するように高い。

「晶也さんならきっとお詳しいわよね？」

ゆり華さんは自慢げに目を輝かせ、

「フローレス、カラーはD、カットはエクセレント。わりといいダイヤだって言われたんだけど、本当でしょうか？」

「それは……最高ランクのダイヤと言っていいと思います」

僕は言いながら、でもこんなデザインの指輪にセットしたら勿体《もったい》ないかも……って思ってしまっていた。爪が高すぎてまるで武器みたいだし、中石のランクの高さに比べて脇石のランクが低くて見劣りがする。

「まあ、じゃあ千五百万円ならけっこうお買い得だったかもしれないわね、お兄様」

「こら、専門家にそんな安物を見せるなんて、恥ずかしいやつだな。京都の家には、もう少し見映えのするものもあるんですよ」

「……そう、なんですか……」

「そういえばこの着物も、人間国宝の先生が染めてくれたんですけど……」

僕は機械的に相づちを打ちながら、延々と続くゆり華さんの自慢話に、内心ため息をつく。

……悪いけど、庶民の僕にはついていけない話だ……。

雅樹や、ガヴァエッツリ・チーフ。僕の周りにはなぜかすごいお金持ちが多い。だけど、彼らは普段はシンプルな暮らしをしているから、端から見てもごく自然だ。こだわっているものにはお金を使うけれど、そのお金の使い方にはきちんとポリシーがある。彼らがお金を使ったものは、たしかにすごい、と思ってしまうような上質なものだし。

「西大路家の由来について、ご存知ですか？」

怜一さんに言われて、僕はかぶりを振る。

「いえ……そういうことにはあまり詳しくないので」

僕の言葉に、ゆり華さんは本当に知らないのかという顔で眉をつり上げ、怜一さんは仕方ない人だな、という顔で苦笑する。

「西大路の歴史は古く、平安《へいあん》にまで遡《さかのぼ》ります。宮廷の女御たちの飾り物に使う、珊瑚や翡翠《ひすい》などを宮廷に納めていた一族なんですよ。今でも、西大路の当主は、そういうものを扱う会社を経営しています」

怜一さんの言葉に、僕はハッと気づく。

「もしかして『大路《おおじ》珊瑚』は、あなたの一族の……？」

「ええ。社長はうちの一族の当主ですよ」

『大路珊瑚』は宝飾品会社の人間なら知らぬ者のいない有名な卸業者だ。もともとは最上級の桃色珊瑚や血赤珊瑚を扱う会社だったんだけど、ほかの珍しい原材料の在庫も他社の追随を許さないほどに豊富だと聞いたことがある。

「僕が勤めているガヴァエッリ・ジョイエッロも『大路珊瑚』にはお世話になっています。珊瑚だけじゃなくて、コンクパールとか、琥珀とか、翡翠とか……和のテイストのある原材料では『大路珊瑚』の右に出るものはないって聞いたことがあります」

僕は、ゆり華さんがこんなに若いのに宝石に興味がある理由がちょっと解《わか》った気がした。

「じゃあ、ゆり華さんと怜一さんも、『大路珊瑚』で働いているんですか？」

僕の問いに、二人は顔を見合わせ、可笑《おか》しそうに笑う。

「会社で働く？　私たちがですか？」

「まさか。そんなふうに見えますか？」

二人の反応に、僕は面食らい、そして焦る。

「すみません、働いてないってことは、もしかして二人ともまだ大学生ですか？　大人っぽいから、同い年くらいかと思ってしまいました」

「年齢なら、僕と晶也さんは同じだったんじゃないのかな？　そうおっしゃっていましたよね、叔母様？」

怜一さんの言葉に、母さんと盛り上がっていた華世さんが笑いながら振り返る。

「え？　ええ。怜一と晶也くんは同じ年のはずよ」

「じゃあ、大学院生とか……？」

僕の言葉に、華世さんがちょっと複雑な顔で笑う。

「姉夫婦はこの二人のことをとても甘やかしていて。二人とも大学を出た後、働かずにブラブラしているのよ」

「まあ、ブラブラしているのはお兄様だけで、私は花嫁修業中だわ」

「働く必要がないというのが正しいんです。うちは京都市内にたくさんの土地と建物を持っているので、その家賃収入だけでじゅうぶんに贅沢ができるんです」

「そうでなくても、銀行の利息だけでじゅうぶん贅沢ができるわ」

二人の言葉に、母さんはきょとんとし、華世さんは苦笑している。そして僕は、なんだか眩暈《めまい》に似た感覚を覚えている。

……働かないで生きていける人がいるなんて。

……うらやましいような、うらやましくないような。

「そういえば」

ゆり華さんが、自分の帯留めを示す。

「これはうちの『大路珊瑚』の製品なんです。ちょっと地味な気がするけど」

「……わあ……」

彼女の帯留めは、美しい桃色珊瑚で作られた芍薬《しゃくやく》の花だった。

「……すごい……」

桃色珊瑚というのは、今ではとても希少になった素材で、美しいオレンジがかったピンクの珊瑚だ。質の悪いものは色にムラが出るんだけど、彼女の帯留めは少しもムラのない、透明感のある美しい色をしていた。

「……とても質のいい珊瑚ですね。なかなか見られないような綺麗な色です」

「そうかしら？　お母様がくれたのだけれど、私にはちょっと地味だわ」

ゆり華さんは気に入らないらしくそう言い、それから、

「それよりもこの帯、どうかしら？　人間国宝の先生が作ってくださったの。たいした値段のものではないけれど……」

彼女はせっかくの桃色珊瑚の存在感を消してしまうような、派手な金糸の帯を示す。

……きっとすごく高価なものなんだろうけど、あの素晴らしい珊瑚に、こんな色合いの帯はすごく勿体ないなあ。

……ようするに……。

僕は、延々と自慢を続けている妹と、それを誇張するような合いの手を入れる兄、という二人の様子を見ながら思う。

……まだ若くて、お金持ちがどういうものであるかが、理解できてないんだろうな。

ガヴァエッリ・チーフや雅樹の様子を近くで見ていて、お金持ちというのがどんなに大変なものかがだんだん解ってきた。莫大な財産には、それに見合うくらいの入り組んだ人間関係があり、高い地位には相応の責任が伴う。庶民だったら見なくてもよかったはずの人間の汚い面も、きっと目をそらさずに見なければいけないはず。

だから漠然と、お金持ちって素敵だろうな、って思っていたイメージが、最近ちょっと変わってきた。お金持ちって大変そうだな、ってイメージに。

……もちろん、僕はただの庶民だから、なんだか部外者のイメージ。偉そうなことは言えないんだけど。

「晶也さんって楽しい方ね。またゆっくりご一緒したいわ」

ぼんやりと相づちを打っていただけの僕は、ゆり華さんに急に身を乗り出されて驚いてしまう。

「よかったら、この後、三人で飲みにでもいきませんか？　ゆり華もあなたのことが気になるようですし」

やっぱり身を乗り出してきた怜一さんに言われて、僕は恐縮してしまう。

「申し訳ないのですが、明日も仕事があるので」

……申し訳ないけど、こんな高貴そうなお嬢様と僕じゃ、話すことなんかなさそうだし。

「まあ、残念だわ」

「ゆり華、ワガママを言ったらダメだろう。デザイナーさんは忙しいんだよ」

僕と兄妹の会話を、母さんと華世さんはにこにこしながら見ている。

……ごめんなさい、母さん。

僕は、母さんに向かって心の中で頭を下げる。

……まだカミングアウトはできないけれど……僕には愛する人がいるんです。

僕の心が、罪悪感で強く痛む。

このことをカミングアウトしたら、父さんや母さんはどんなにショックを受けるだろう？

……僕には、雅樹という運命の人がいます。

……一生、彼と一緒に生きるつもりです。

＊

食事が終わり、店の前で華世さんや兄妹と別れた後。僕は、東京駅の京葉線《けいよう》のホームで母さんを見送った。自分のアパートのある荻窪《おぎくぼ》までは、中央線《ちゅうおう》に乗れば一本で帰れる。それはよく解ってたんだけど……僕は、雅樹の声が聞きたくなってついつい彼に電話をしてしまった。

「もしもラフのお邪魔でしたらこのまま帰ります」という僕に、雅樹は甘く笑って「声だけ聞かせておいてお預けなんて悪い子だな」と囁いた。そして「このまま俺の部屋においで」って。

だから僕は山手線に乗り、浜松町《はままっちょう》からモノレールに乗り換えて、天王洲まで来てしまった。

……本当はいけないって解ってるんだけど……。

ホテルや劇場の併設された、天王洲のショッピングモールを歩きながら僕は思う。

……でも、なんだか疲れてしまって、雅樹の顔がめちゃくちゃ見たくて……。

渡り廊下を通ってオフィスタワーに入り、雅樹からもらっている鍵でオートロックを解除し、エレベーターに乗る。最上階に近いフロアで、エレベーターを降りる。

贅沢に空間をとったエレベーターホール。そこにあるのは黒い鉄のドアが一つだけ。お洒落なフォントで『KUROKAWA』と彫り込まれたそのドアは、彫金が趣味（の域をすでに出てるけど）の雅樹が自分で作ったもので、ものすごく格好いい。

ドアに向かって歩きながら、僕は鼓動が速くなるのを感じている。

……付き合いだして約一年。だけど、全然慣れることがない。

……っていうか、ますますドキドキするようになっている気がする。

雅樹の部屋には、その音が嫌いという理由でインターフォンがない。

大きな鉄のドアを、僕はそっとノックする。

合鍵をもらっているから自分で開けて入ってもいいんだけど……いきなりドアを開けるのは失礼な気がして、いつも、つい、ノックをしてしまう。そして……。

ガチャ。

鍵を出そうとする前に、鍵が内側から解除される音がする。そして、ドアが内側から開く。

「いらっしゃい」

優しく微笑んでくれるのは、綿シャツとジーンズというくつろいだ格好の雅樹。彼の顔を見ただけで、なんだか座り込んでしまいそうなほどホッとする。

……母さんや華世さんに会えたのは嬉しいんだけど……ちょっとお見合いみたいだったような今日の会食の雰囲気には、なんだかめちゃくちゃ疲れてしまったみたい。

「どうかした？　少し疲れた顔をしている」

「エスコートするだけのはずが、一緒に食事をさせられてしまったんです。母だけじゃなくてほかの人も一緒だったので……ちょっと緊張しました」

「エスコートお疲れさま。……おいで」

雅樹は手を伸ばし、抱えこむようにして僕の肩を抱く。そのまま部屋の中に引き入れられて、抱きしめられて……。

パタン。

背中で、重いドアの閉まる音。

「……あっ……」

この音を聞くだけで、僕は未《いま》だに緊張してしまう。だけどそれは身体がこわばるような緊張ではなくて……なんだかとても甘くてドキドキするような……。

「震えたね。二人きりになるのがまだ怖い？」

僕の髪にキスをしながら雅樹がクスリと笑う。

「こ、怖くはないですが……ちょっと緊張するかも……」

「ということは……」

耳に囁きを吹き込まれて、身体がジワリと熱くなる。

僕を抱きしめてくれる、長い腕。

頬が押しつけられているのは、逞しい胸。

シャツからフワリと香るのは、グランマルニエにも似た大人っぽいオレンジの芳香。

これは、彼がイタリアで調香してきたオリジナルのバスソープの残り香だ。

「この後に何をされるか、覚悟はできているということだね？」

「……あ……っ」

僕の身体の奥深い場所が、彼の囁きに反応してドクン、と甘く疼《うず》いた。

……ああ、ダメ……。

僕は真っ赤になりながら思う。

……まだ夕方なのに、イケナイ気分になってしまいそう……。

「あ、あの……っ、世界大会用のデザインのラフは……？」

「ああ、もう取りかかっているところだが？」

雅樹のその言葉に、僕は慌てて彼の腕から逃れようとする。

「すみません、お邪魔しないように今夜は帰りますね」

雅樹は小さく笑い、僕をキュッと抱き留める。

「ちょうど行き詰まってきていた。今日はこのへんにして、君に作品へのインスピレーションをもらいたいなと思っていたところなんだ」

その言葉に、僕は驚いてしまう。

「あなたのようなすごいデザイナーにですか？　僕にはそんな力ありません」

「君を見ているだけで、俺にはたくさんのインスピレーションが湧《わ》く」

雅樹が囁いて、指先で僕の顎《あご》をそっと持ち上げる。

「君のこの長い睫毛や……」

囁きながら、彼が僕の目元にキスをする。

「可愛らしい鼻や……」

鼻先にキスをされて、くすぐったさに思わず笑ってしまう。

「そしてこの……柔らかい唇」

囁かれ、漆黒の瞳で見つめられて、鼓動が速くなる。

「……あ……」

速い鼓動に耐え切れず、思わず目を閉じた僕の唇に、雅樹がそっとキスをする。

「……んん……っ」

彼の見た目より柔らかな唇が、僕の唇をそっと包み込む。

「……んんん……」

チュッと音を立てて吸い上げられて、身体にズキリと甘い電流が走る。

……ああ、どうしよう、このままじゃ……。

「……んん、雅樹……」

ブルル、ブルル！

僕のスーツのポケットで、携帯電話がいきなり振動した。突然身体に伝わってきたそれに驚いて、僕は雅樹とのキスを中断してしまう。

「すみません、母さんかも……っ」

僕は液晶画面を確認せずにフリップを開け、通話ボタンを押して……。

「もしもし、晶也ですけど……っ」

『アキヤ？』

電話の向こうから聞こえてきたのは、母さんの声ではなくて……低い美声。

……うわ……！

「こ、こんにちは！」

僕が焦って言うのを、雅樹がとがめるように見つめている。

電話の相手はアラン・ラウさん。二十九歳。中国系のアメリカ人で、アメリカに本社がある、ガヴァエッリのライバル会社の社長。大富豪劉家の総帥でもある。

彼は前に僕をガヴァエッリから引き抜き、しかも養子にまでしようとしたことがある。雅樹に振られたと思い込んでいた時期にそんなことを言われて僕はその申し出にうなずきそうになってしまったんだけど……結局は誤解が解け、僕はガヴァエッリに留まり、アランさんには今ではレオンくんという恋人（かな？）がいる。

だけど雅樹は未だにアランさんをライバル視していて……二人きりの時に彼からの電話を取るとめちゃくちゃ嫉妬してきて……。

『元気だった？　君の声が聞けて嬉しいよ』

アランさんが言ってくれるけど、僕は雅樹の視線が気になってそれどころじゃない。

「あ、はい。僕も嬉しいです……けど……」

僕の落ち着かない反応に気づいたのか、アランさんは、

『もしかして、マサキ・クロカワと一緒？』

「そ、そうなんです」

そう言うと、アランさんは少し複雑そうに笑って言う。

『わかった。たいした用事ではないから切るよ。君が苛《いじ》められてしまっては可哀想だ』

「すみません、失礼します！」

僕は慌てて電話を切り、恐る恐る雅樹の方を振り返る。

「相手が君に恋している男だったら出てはいけない、そう言ったはずだね？」

雅樹が言って、僕の身体を抱き上げる。

「おいで、朝までお仕置きだ」

セクシーな声で囁いて、僕をロフトのベッドに運んでしまう。そのまま押し倒されて甘い甘いキス。いつもクールな彼の目の中に嫉妬の炎があることに気づいて少し嬉しくなってしまった僕は……悪い恋人かもしれない。

……そういえば、昨日のことを話しそびれてしまったな。

デスクに座った僕は、チーフ席にいる雅樹にぼんやりと見惚《みと》れながら思う。

……どっちにしろ、あれは正式なお見合いじゃない。それにあんなものすごいお金持ちのお嬢様なんか、僕とは全然つり合わない。たいして意味のある出会いじゃないんだけど。

雅樹の逞しい身体を包むのは、秋の日にふさわしい、黒に近い焦げ茶のスーツ。真っ白のワイシャツに、少し黄みがかったブラウンのネクタイ。

昨夜あんなに甘く愛を囁いたくせに、電話で話す彼は、クールでとても凛々しい。

＊

「こらっ、仕事中だぞ！」

軽いもので頭をポコンと叩《たた》かれて、僕はハッと我に返る。

「あ、御堂さん。お疲れさまです」

振り返った僕は、そこに立っていた人を見上げて慌てて頭を下げる。

黒いスタンドカラーのシャツと、黒のスラックスに包まれた、しなやかな身体。

綺麗に整った顔立ち、背中に垂らされた烏《からす》の濡れ羽色の美しい髪。

まるで舞台俳優かダンサーのような見栄えのする美形だけど、彼は実は宝飾品の職人。実家は京都で、お祖父さんは人間国宝の喜多川誠堂《せいどう》さん。そして本人も世界的な技術コンテストで大きな賞を総なめにしているという一流の職人さんだ。

「きゃあ、御堂さんよっ！　今日も本当に麗しい！　……こんにちはっ！」

「ホント！　まさに職人界の貴公子！　……こんにちはっ！」

デザイナー室の紅二点、長谷さんと野川さんが、美形の御堂さんの来訪に頬を赤くしながら挨拶をする。女性にだけは愛想のいい彼ににっこり微笑まれて、さらに赤くなっている。

銀座店に飾ってあるあのインペリアル・トパーズのチョーカーを制作してくれたのも、この御堂さんだ。

世界中の宝飾品会社が喉から手が出るほど欲しがっている超一流職人である御堂さんは、本当なら僕みたいな駆け出しが制作を頼めるような人じゃない。だけど劉一族の当主、そしてライバル宝飾品会社の社長であるアラン・ラウさんの紹介で、僕は彼に会うことができた。そしてさまざまな紆余曲折はあったけど、僕は彼にチョーカーの制作を依頼することができたんだ。

そしてあのチョーカーが好評なおかげで、インペリアル・トパーズの商品をもっと増やしてはどうか、という企画が本社から持ち上がった。そして僕はガヴァエッリ・ジョイエッロを通して御堂さんに正式な依頼を出し、新しいインペリアル・トパーズの商品を開発することになった。

今日、御堂さんが来てくれたのはその打ち合わせ……なんだけど、彼のアトリエはこのガヴァエッリ日本支社から歩いて十分かからないくらいの場所にある。意外に人懐こい性格らしい彼は、依頼がなくてもふらっとデザイナー室に遊びに来てしまう。だから、メンバーともすっかり知り合いだ。

「こんにちは、御堂さん。今って、修羅場の時期じゃないんですか？」

僕の隣の席に座っている後輩の広瀬くんが、御堂さんを憧れの目で見上げて言う。

「ああ〜……仕事を選びすぎてまた暇になった。この間言ってた仕事は、デザイナーがあんまりアホでセンスがないから、容赦なく断ってやったしな」

御堂さんはその端麗な美貌に似合わない乱暴な口調で言い、長い髪をかき上げる。

「さすが御堂さん、いかんなく女王様っぷりを発揮してますね！」

悠太郎の隣の席の後輩、柳くんが言う。御堂さんは僕のデスクに腰を下ろしながら、

「女王様ってなんだよ？　おれなんか従順な方だぜ？　ガヴァエッリ・ジョイエッロ本社にいる職人たちに比べたらな」

彼の言葉に、ガヴァエッリ・チーフが書類を捲《めく》りながら、妙に納得した声で言う。

「たしかに。君が野生の山猫程度に従順だとしたら、うちの本社の職人たちはライオンだ。デザインの才能より前に猛獣使いの才能がないと、彼らに制作依頼などできない」

その言葉に、デザイナー室の面々が可笑しそうに笑う。

……たしかに、ガヴァエッリ・ジョイエッロ本社の職人さんは、代々ガヴァエッリに勤め

てきたという頑固な人々で、生半可なデザインでは突き返されてしまうんだ。

「銀座店のインペリアル・トパーズは、とても好評のようだ。君にも感謝しなくては」

チーフ席から雅樹が言い、御堂さんは得意げににやりと笑みを浮かべる。

「まあ当然だ。この晶也がデザイン画を描いて、おれが制作したんだからな」

御堂さんは言いながら僕の髪の毛に指を差し入れ、クシャクシャにする。

「うわ、やめてください」

僕が言うと、御堂さんは面白がってさらに僕の髪をかき回す。

「こら！　とぼけた声でやめてくださいとか言うな！　めちゃくちゃ可愛いじゃないか！」

「わあ、じゃあどう言えばいいんですか？」

髪の毛をクシャクシャにされている僕を見て、悠太郎がデスクの向こうから叫ぶ。

「こらっ、黙って見てればいい気になって！　いくら御堂さんでも、許せない！」

「なんだ、悠太郎！　やる気か？」

「あきやを守るためには闘いも辞さないぞ！」

「子供の喧嘩《けんか》か？」

雅樹があきれた声で、二人の会話を遮る。

「御堂くん。仕事の邪魔なのでミーティングルームへ」

「ああ、怒られた。行くぞ、晶也」

「あ、はい」

僕は慌てて立ち上がり、雅樹が、気をつけるんだよ、という顔でチラリと眉をつり上げたのを見て苦笑する。

……だから、御堂さんは敵じゃないって何度も言ってるのに！

インペリアル・トパーズを見せてもらうために、ソウルにあるユーシン・ソンさんのお屋敷に行った時。御堂さんとユーシンさんの会話を聞くことになった。ユーシンさんは『生涯ミドウだけだと心に誓った』って言ってた。それから『今回のお礼はミドウからたっぷりもらう』とも。御堂さんはものすごく怒りながらも、その顔を色っぽく染めていた。

もしかしたらユーシンさんがふざけていただけかもしれないし、ただの僕の思い過ごしかもしれないんだけど……御堂さんにとっても、ユーシンさんは大切な人、って感じがしたんだ。

御堂さんは一流の職人さんってだけでなく宝石を本当に愛しているし、実はすごく優しい人。僕は彼のことがすごく好きだ。

……その御堂さんの大切な人であるユーシンさんに、僕は迷惑をかけているのかも……。

仕事の打ち合わせの後、僕はずっと気になっていたことを切り出した。

「あのチョーカーが売れない限り、ユーシン・ソンさんにインペリアル・トパーズのお金を払えないんですよね？」

「たしかにそうだな」

御堂さんは難しい顔で言い、僕はますます焦る。

「もしかして、あのインペリアル・トパーズの件で、何かあなたにもご迷惑をおかけしてはいないですか？」

「それは……」

彼にものすごく困ったような顔をされて、僕はさらに青くなる。

……ユーシンさんは世界に名だたる大富豪だから、今すぐに千五百万円を払わなくちゃ生活にかかわるなんてことはないかもしれない。

でも、やっぱりお金はちゃんと払うべきで。

……ああ、あのチョーカーが売れてくれさえすれば……。

思った時、ミーティングデスクの上の電話が着信音を奏でた。思わず御堂さんを見る僕に、

「いいぞ、取れよ」

彼は言って、シャツの内ポケットからタバコを取り出す。

実はこのビルのほとんどの場所は禁煙なんだけど、このミーティングルームには火災報知機がないので、いちおう喫煙も許されている。ガヴァエッツリ・チーフはたまにここに来て、こっそりタバコを吸っていることがある。そのために置いてある灰皿を、目ざとく見つけたんだろう。

僕は苦笑しながらテーブルの隅にあった灰皿を彼の方に移動させ、受話器を取る。

「はい、篠原です」

『あきや、外線だよ。ガヴァエッリの銀座店からだって！』

聞こえてきたのは悠太郎の声だった。僕は慌ててお礼を言って、外線ボタンを押す。

『お疲れさまです、ガヴァエッリ・ジョイエッロ銀座店の山木《やまき》です！』

聞こえてきたのは、銀座店の新人販売員、山木くんの声だった。彼は新人だけどとても人懐こくて感じのいい子で、この間銀座店に行った時『もしもチョーカーを見せて欲しいってお客さんが来たらお知らせしますね』って言ってくれていた。

……ということは……？

「お疲れさまです、篠原です」

僕が言うと、山木くんは嬉しそうに言う。

『晶也さんですね？　チョーカーを見たいという方から、来店予約が入りましたよ』

「あのチョーカーを？　いつ頃？」

『今夜です。西大路様という方です』

「西大路様？」

僕が聞き返すと、隣にいた御堂さんがなぜか少し驚いた顔で座り直す。

……華世さん、そしてあの兄妹と同じ苗字だ。

『そうです。接客は店長がすると思いますが、僕も精いっぱい協力しますので。またご報告しますね』

「あ、うん、ありがとう。お仕事頑張ってね」

『うわあ、憧れの晶也さんにそんなことを言ってもらえるなんて。頑張ります！』

山木くんは人懐こく言って、そのまま電話を切る。受話器を戻した僕は、

「西大路？　まさか西大路怜一とゆり華のことじゃないだろうな？」

御堂さんの言葉に、ものすごく驚いてしまう。

「どうしてその二人のことを知っているんですか？」

御堂さんはなんだか不機嫌な顔で煙を吐き出して、

「京都はとても狭い場所だ。あそこにいる西大路一族の中で、何千万円も出すほどの宝石好きといったら、あの兄妹しかいない」

「そうか。御堂さんがいる喜多川家も、京都じゃ有名な旧家なんですよね」

僕は、ゆり華さんと怜一さん、そして二人の叔母さんである華世さんに会ったことを話す。そして、偶然にも華世さんと母さんが同じ東京の大学の同級生だったことも。

「たしかに華世さんは大学は東京だったかもしれないな。しかし晶也のお母さんと、華世さんが知り合いだったなんてな。おれも、華世さんとその二人の息子には世話になっている。とてもいい人たちだしな。……しかし」

御堂さんは急に怖い顔になって、

「ゆり華、怜一の兄妹には気をつけろよ。特に兄の怜一」

「どうしてですか？」

「実はゲイじゃないかと疑っている。真面目《まじめ》な様子を装って晶也みたいなポーッとしたヤツに近づき、いきなり本性を剝き出しにしてパクリと喰いそうだ」

その言葉に、僕はちょっと笑ってしまう。

「もしも万が一ゲイだったとしても、彼みたいなお金持ちでハンサムな人が、僕になんか興味を持つわけがないです」

「そうやって自覚がないから危ないんだろ？　黒川一族の黒川雅樹、劉一族のアラン・ラウ、李一族のレオン・リーという三大大富豪の子息、しかも美形ぞろい……を揃って骨抜きにした過去があることを忘れたのか？」

「アランさんとレオンくんは、僕に骨抜きになんかなっていませんってば」

僕の言葉に、心配そうな顔をしていた御堂さんがあきれた顔になる。

「黒川雅樹に関しては自信満々なんだな。彼だけはもう骨抜きで、僕に夢中です、って？」

「そ、そんなこと言ってないですってばっ！」

僕が真っ赤になっていると、ミーティングルームのドアにノックの音が響いた。

「篠原くん、ラフのことで打ち合わせをしたいんだが？」

ちょっと怒った顔の雅樹が顔を出し、僕は慌てて口を押さえる。

「すみません。すぐに終わります。……何を話していたかデザイナー室まで聞こえてましたか？」

「それは聞こえないが……妙に楽しそうな声がした」

雅樹の顔に、御堂さんがプッと吹き出す。雅樹は御堂さんをちらりと見てから、

「終わったら声をかけてくれ」

言ってミーティングルームのドアを外側から閉める。御堂さんが僕に向かって、

「たしかにおまえの言うことは正しい。黒川雅樹は、確実におまえに骨抜きだ」

御堂さんは僕の鼻を指先で弾《はじ》いて、痛そうにする僕を見てまた笑う。それからふいに真面目な顔になって、

「インペリアル・トパーズの代価は気にしなくていいんだからな。どうせあいつは大金持ちだ。……それより西大路家のお坊ちゃんには気をつけろよ」

「というか……少し珍しい苗字ではありますが、日本に西大路という苗字の人はあの一族だけではない気がします。銀座店に予約を入れたのは別人じゃないかな？　それに、あの西大路兄妹にはもう会う機会はないかと思いますけど」

「それならいいんだけどな」

御堂さんはまだ心配そうな顔をして、だけどちゃんと打ち合わせを終わらせて帰っていっ

た。

……御堂さんも、雅樹みたいに心配性なんだから。

「失礼。もういいかな？」

御堂さんと入れ替わりに雅樹が言って顔を出す。

「あ、はい！　大丈夫です！　どうぞ！」

僕はミーティングテーブルの上に散らかっていた資料をまとめながら慌てて言う。雅樹は部屋に入ってきて後ろ手にドアを閉める。

「ええと……ラフのことというのはなんでしょうか？」

ちょっと怒った顔をしている雅樹を見上げて、僕はちょっと怯《おび》える。ちょうど別の仕事のラフを出したところで……でも田端チーフのチェックは通っているはずだし……？

「すみません、この間出したラフに、何か問題がありましたか？」

僕が見上げると、雅樹は前髪を指でかき上げて、

「いや、あのラフは素晴らしかった。そうではなく……」

言って僕を見下ろしてきて、

「……身体の方は大丈夫？」

「え？」

雅樹は僕のすぐ脇に立ち、そのハンサムな顔に心配そうな表情を浮かべて見下ろしてくる。

「いや……今日一日、何かを言いたげな顔で俺を見ていたから、身体がつらいのかな、と」

……お見合いのことを言いそびれたのが気になって、たしかに彼のことばっかり見てしまっていたかも……？

「昨日はアラン・ラウの電話を取ったことで我を忘れてしまったかもしれない。……どこか痛いところはない？」

「あ、いいえ、大丈夫です。あなたはいつものように、とても優しく抱いてくれたし……ああ……っ」

僕は言ってしまってから一人で赤くなる。

「すみません、会社で言うことではなかったですね」

雅樹が安心したように微笑み、その指先で僕の顎をそっと持ち上げる。

「それなら……」

「……今夜、一緒に食事をしないか？　会社の近くにいいトラットリアを見つけたんだ」

甘い声で囁かれるだけで、身体の奥が、ツキン、と甘く痛む。

「……本当ですか？　行きたいです」

答えた僕の声は、知らずに甘くかすれていた。雅樹は優しく微笑み、身を屈めてそっと僕の唇にキスをする。

「……ん……」

味わうように深く重なり、それから名残惜しげに離れていく。

「今夜は残業なしで一緒に帰ろう。いいね？」

囁かれて、僕は真っ赤になりながらうなずく。雅樹はクスリと笑って僕の頬に触れる。

「少ししてから戻った方がいい。頬が染まってとても色っぽい顔になっている。キスをしたことがほかのメンバーにバレてしまうかもしれない」

「……ああっ」

僕は慌てて両手で頬に触れる。たしかに、燃え上がりそうに熱い。

「俺は先に戻る。今夜の約束を忘れずに」

僕の髪を撫で、額にチュッとキスをして、雅樹が身を起こす。踵を返して部屋を横切り、ミーティングルームのドアを開けたところで振り返る。

「それじゃあ、篠原くん、頼んだよ」

言ってチラリとセクシーに微笑んで、そのまま出ていく。

……ああ、そんな顔で微笑まれたら、頬の熱さが引かないよ……。

ブルル、ブルル！

上着のポケットで、携帯電話がいきなり振動した。僕は思わず飛び上がり、それから慎重に液晶画面を覗き込む。

……アランさんとかから電話があって長話をしていたら、また怒られそう……。

「……え？」

表示されたのは、見覚えのないナンバー。携帯電話からみたいだけど……。

……誰だろう？　間違い電話かな？

僕は思いながら、通話ボタンを押す。おそるおそる電話を耳に当てながら、

「……もしもし？」

『篠原晶也さんですね？』

聞こえてきたのは、聞き覚えのある声。語尾に京都弁の名残、そしてちょっと気取った感じの話し方。僕は驚いて思わず姿勢を正してしまいながら、

「に、西大路怜一さんですか？」

その声は、昨日会ったばかりのあの兄妹の兄、西大路怜一さんだった。

『声だけでわかってもらえるなんて、光栄だなあ』

彼は電話の向こうでクスクスと笑い、それからふいに殊勝な声になって、

『もらった名刺を見て仕事中に電話をしてしまいました。迷惑でしたか？』

「いえ、もちろんそんなことはありませんが……」

……いったいなんの用事だろう？　慣れない東京でゆり華さんと二人で迷ってしまったとか？　僕はちょっと心配になる。

……案内を断ったりして申し訳なかっただろうか？

『ええと……ゆり華と二人で行きたいところがあったのですが、どうやら迷ってしまったようなんです。叔母はもう京都に帰ってしまったし、東京で知っている人は君しかいなくて……』

困ったような彼の言葉に、僕は驚いてしまう。

「それは大変です！」

僕は腕を上げて時計を見る。終業まで、あと二十分だ。

「今、どこにいらっしゃるんですか？」

『銀座まで来ているのですが……』

「あともう少しで仕事が終わります。それからすぐに出れば、四十分後くらいにはそちらに行けるはず。カフェかどこかに入って待っていていただけますか？」

『わかりました。適当にどこかに入っています』

「僕も仕事が終わったらすぐに向かいます。銀座に着いたらまた電話しますので」

僕は言って、電話を切る。

……本当は雅樹と食事に行く予定だったのに……。

……ちょっと残念だけど、母さんの友達の親族である二人が困っているのを放っておくことはできないよね……。

僕はため息をついて、雅樹宛に携帯メールを打つ。

『すみません、今夜の食事は無理かもしれません。今、電話があったのですが、東京に詳しくない知り合いが銀座で迷っているみたいなんです。終業後にすぐに向かった方がよさそうです』

送信するとすぐに液晶画面が光り、新着メールがあることを報せる。

『優しい君には、知らないふりなどできないだろうな。あまり遅くならないように帰るんだよ』

短いメールが、なんだか胸を痛ませる。

……ああ、本当なら、彼らをどこかに送った後で行きますって言いたいけど……。

僕はため息をつきながら思う。

……でも、食事だけならまだしも、遅い時間に部屋に行ったら彼の仕事の邪魔になりそうだし。

『送ったらすぐに家に帰ります。ラフの方、頑張ってくださいね』

僕は返事を送信し、携帯電話のフリップを閉じて立ち上がる。ミーティングルームから出ると、携帯電話を見ていた雅樹が顔を上げる。

すみません、という意味で頭を下げると、彼は唇の端に優しい笑みを浮かべてくれる。

……こんな優しい顔をされたら、ますます後ろ髪を引かれてしまう……。

＊

終業後、僕はすぐに銀座に向かった。

電話をしてみると、二人はデパートの中の英国風のカフェでくつろいでいるらしく……二人が外で震えていたら、と心配していた僕はちょっとホッとした。

ゆり華さんは今日は派手な紫色の大振袖を着ていて、周囲の注目を浴びている。怜一さんは昨日とは違うけれど、やっぱり派手な感じのスーツだ。

優雅に紅茶を飲んでいたゆり華さんが、近づいていった僕を見上げていきなり言う。

「『ガヴァエッリ・ジョイエッロ』の銀座店に行きたいんです。案内してくださる？」

「えっ？」

その言葉に、僕は驚いてしまう。怜一さんが伝票を持って立ち上がりながら、

「叔母から聞きました。銀座店にあなたのデザインしたチョーカーが飾られているって」

「そ、そうですが……もしかして銀座店に予約を入れたのは……？」

「入れました。それをどうして？」

「銀座店から連絡が来たんですが……まさかあなた方だとは……」

……御堂さんは、店に電話をしたのがこの兄妹であることを言い当てていたよね。さすがに鋭いというか……。

彼女は、僕を見つめてにっこり笑う。

「あなたをよく知るために、あなたがどんなデザインをするのか知りたいんです」

……僕をよく知るため？　どうして？

僕は昨日のお見合いみたいな雰囲気を思い出して、なんだか後ろめたい気分になる。

……もしかして、はっきりと恋人がいますって言った方がいいんだろうか？

……いや、だけど……。

彼女はただ興味本位でチョーカーが見たいって言っただけだろう。きっと、ゆり華さんは、僕と同じように華世さんのわがままに付き合わされただけだ。華世さんと母さんが盛り上がったせいでまるでお見合いみたいな雰囲気になっちゃったけど……こんなに綺麗な人がモテないわけがないし、お見合いするつもりなんか微塵《みじん》もなかっただろう。だからここで僕が自分から「恋人がいますから」なんてことを言うのは自意識過剰って感じだし。

考えにふけりながら店の出口に向かっていた僕は、床の段差に気づかずに転びそうになる。よろけそうになった僕の身体を、怜一さんの手がさりげなく支えてくれる。

「あ、ありがとうございます！」

僕は言って、慌てて彼の手から逃げる。それから、一人で苦笑する。

……御堂さんに言われたからって妙に意識しすぎだな、僕は。彼はただ、心配して支えてくれただけなのに。

そして僕は、怜一さんとゆり華さんの二人を銀座店に案内した。

「西大路様と、デザイナー室の篠原さんは、お知り合いだったのですか」

驚いた顔をする店長に、怜一さんは、

「うちの叔母と篠原くんの母上は大学の同級生なんです。先日も、叔母たちの目論見《もくろみ》で篠原くんとうちの妹がお見合いをして」

その言葉に、僕は驚いてしまう。

……店長だけならまだしも、別のメンバーたちまで目を丸くしている。大富豪の西大路さんと、一社員の僕じゃどう見ても不釣合いだ。それにこれじゃあ本気でお見合いをしたみたい。妙齢のゆり華さんに申し訳ないよ。

「いえ、正式なものではなくて、お食事をご一緒しただけです」

僕が言うと、ゆり華さんがなんだか悲しそうな顔をして言う。

「私は篠原さんにお会いできてとても嬉しかったのに。篠原さんとなら結婚を前提にしたお付き合いをしてもいいなって思いましたのに」

その言葉に銀座店のメンバーはものすごく驚いた顔をしている。店長は僕にそっと、

「よかったですね」

……いや、別に照れているわけじゃなくて、本当にお見合いじゃなかったのに！　そしてゆり華さんは気を使ってそう言ってくれただけだろうに！

二人は僕のトパーズのチョーカーを見て、とても素敵だと褒めてくれたけど……僕はなんだかそれどころじゃなかった。

……こんなこと、雅樹に知られたら大変なことになりそう。なんだかますます言いづらくなっちゃった。

# MASAKI 2

『セミプレシャスストーン・デザイン・コンテスト』世界大会のためのデザイン画の〆切が、刻一刻と近づいてきていたが……俺のラフは、思うように進んではいなかった。

俺の脳裏には、アジア大会で受賞した、晶也のあのチョーカーのデザインが何度もよぎっていた。俺はもちろん手を抜いたつもりはなく、自分の作品には自信があった。しかし、彼のデザインより自分のものが優れていると自信を持っては言えない。

……もし俺の作品が優勝していなかったら、晶也は世界大会に勝ち進み、作品を出せたかもしれない。

そう思うと……ラフを描く俺の手は止まってしまう。

……そうとは限らないし、俺が考えることではない。きっと晶也はそのうちに自分の実力で世界大会に勝ち進むに違いないんだ。

自分に言い聞かせるが、アジア大会で賞を獲った時の晶也の笑顔が脳裏をよぎる。

……もしかして俺は、晶也の明るい将来に影を落としているのでは……？

そう思った時、心がズキリと痛んだ。

……私生活においては、俺は確実に、晶也の将来に影を落としている。

俺は恋を知らなかった晶也に告白をし、彼を抱き、そして後戻りできない場所まで連れてきてしまった。

……もしも俺が愛しているなどと言わなければ、晶也はゲイになることなどなかっただろうし、今頃はどこかの女性と幸せになっていたかもしれない。

俺の心が、壊れそうにズキリと痛んだ。

晶也が誰かほかの人間のものになることなど、考えただけでおかしくなりそうだ。

……だが……。

何かが折れる軽い音がして、描いていた線が潰《つぶ》れる。デザイン用のシャープペンシルを画面に強く押しつけすぎて、芯が折れたのだ。

……俺は、本当に晶也のためになることをしているのだろうか？

俺はシャープペンシルをデスクに置き、両手で顔を覆ってため息をつく。

……晶也を愛している、その気持ちだけで……俺は晶也の将来をめちゃくちゃに壊そうとしているのではないだろうか？

# AKIYA　3

……雅樹、さっきはなんだか疲れていたみたい。

バスタブに身体を沈めた僕は、窓の外の満月を見ながら、ため息をつく。

……世界大会向けのデザイン画、思うように進まないんだろうか？

ここは、荻窪にある僕のアパート。築二十年くらいって感じの古い建物だけど、大家さんが芸術家でリフォーム可。だから住んでいるのは美大生や元美大生が多い。僕もここに入ってから、自分の手でフローリングを張ったり、壁の漆喰《しっくい》を塗り直したりして、居心地がいいように造り替えた。

雅樹と恋人同士になる前、僕はこの部屋でとても楽しく暮らしていた。自分が女の子にあまり興味が持てないことには薄々気づいていたけれど、少し淡泊なだけだろうとしか思っていなかった。そして、恋人がいないことを寂しいと思ったこともなかった。

気に入った場所に住んで、好きな音楽を聴いて、デザイン画が描けて……自分はそれだけで幸せな人間なんだと思っていた。

……でも、今は……。

僕は手を伸ばし、窓際に置いてある綺麗なガラスの瓶《びん》を取る。美しいフォントのラベルが貼られ、繊細なカットが施されたそれは、雅樹がいつも使っているバスソープの入っていたもの。

瓶はもう空《から》だけど、瓶の口からはほんのりと芳《かぐわ》しい香りが立ち上っている。

銀座から帰ってきてすぐに、雅樹に電話をした。

本当は、西大路兄妹のことや、二人に連れられて銀座店に行ったこととかを、全部報告したかった。

でも、電話の向こうの雅樹がなんだかちょっと疲れているみたいで、僕は思わずおやすみなさいだけを言って電話を切ってしまった。

……雅樹……。

彼の凜々しい横顔を思い出すだけで、恋しくて胸が痛む。

……本当は、一緒にいたかったんだ……。

# MASAKI 3

「お疲れさまです、黒川チーフ」

ガヴァエッリ・ジョイエッロ銀座本店。ドアマンが言って、恭《うやうや》しくドアを開けてくれる。

「お疲れさまです」

俺は言って、彼の開けてくれたドアから店の中に入る。

コンテスト用のデザイン画の制作は、まったく進んでいない。それどころかどの中石を使うかも決まっておらず……行き詰まってしまった俺は、ガヴァエッリ・ジョイエッロ銀座店の地下にある金庫室に行くことにした。

最初はアジア大会で優勝したバングルとセットになるアメジストのチョーカーを作ることを考え、かなり早い段階で本社にラフを送っていたのだが、ローマ本店に置かれたあのバングルは、常連客にあっという間に売れてしまった。すでに在庫のない商品とセットになるものを作っても仕方がないと言って、俺の最初のラフは本社取締役たちに却下された。

世界大会のデザインの構想は、日本支社の金庫にあった素晴らしい変形カットのアメジストを中石にすることを想定して練っていた。それだけに、急な変更に、なかなか頭がついてこない。

「お疲れさまです」

俺が店に踏み込むと、銀座店のメンバーは一斉に頭を下げて迎えてくれる。

「お疲れさまでございます、黒川チーフ」

壮年の男性店長が近づいてきて、にこやかに俺に言ってくれる。

「金庫の準備はできております。こちらへ」

彼に続いて事務室に入り、そこから地下金庫への階段を下りる。

「篠原《しのはら》さんのチョーカーは、とても好評ですよ。どうしても実物を見たい、というお得意様から来店のご予約もいただいております。値段が値段なだけになかなか商談はまとまりませんが」

階段を下りながら言われた彼の言葉に、俺は深くうなずく。

「それは覚悟の上です。篠原は、若いとはいえ、あれだけの実力を持つデザイナーです。彼のデザインした商品を、安売りする気はありません」

「黒川《くろかわ》チーフは篠原さんのことを本当によく理解していらっしゃるのですね。……そういえば……」

店長がとても楽しそうに言う。

「篠原さんはお見合いをなさったのですね」

「え？」

「ご一緒にこちらにみえましたよ。とても麗しくて、お似合いのカップルでした」

彼の言葉が理解できずに、俺は思わず立ち止まってしまう。

……見合い？　なんのことだ……？

「特にお嬢さんは、篠原さんに夢中という感じで……本当に微笑《ほほえ》ましかったです」

「篠原くんが、見合い？」

俺の言葉に、店長はハッとして立ち止まる。

「ああ、もしかして会社の人には内緒だったのでしょうか？　だとしたら篠原さんに申し訳ないことをしてしまいました」

「見合いの相手と……ここに来たのですか？」

店長は俺の質問に答えることに少し迷うが、

「特に口止めもされませんでしたし、この店に来たということは別に内緒ではないのかな？」

言って、楽しげに笑う。

「お見合い相手のお嬢さんと、さらにその方のお兄さんと、三人で。あのチョーカーを見たいとねだられたらしく、篠原さんは女性と二人であれを見ていましたよ」

俺の脳裏に、どこかの女性と仲よく並んでチョーカーを見る晶也《あきや》の姿がよぎる。想像の中の晶也は俺といる時よりも楽しげな顔をしていて……心がズキリと痛む。

……いや……。

俺は思い直して階段を下り、金庫の鍵を開けている店長に並ぶ。

……晶也が俺に黙って見合いなどするわけがない。彼には友人が多いし、きっと何かの間違いだろう。

「三人ということは、ただの友人では？」

「そうは見えませんでしたよ。お嬢さんはまさにお見合い、という感じの大振袖でしたし……それからお嬢さんと篠原さんがチョーカーを見ている間、彼女のお兄さんだという男性とずっと話していたのですが……」

店長は楽しげに言いながら、金庫のドアを開ける。

「はっきりおっしゃっていました。『晶也さんと妹は先日見合いをしました。これからは親公認で、結婚を前提にしたお付き合いをすることになるんですよ』と。……どうぞ」

店長にドアを開けられて、俺はワインセラーに似た金庫室に踏み込む。

両側のケースにはガヴァエッリ・ジョイエッロが誇る数々の宝飾品が並んでいるが……俺の目には少しも入らなかった。

……そういえば……。

俺は、この間の日曜日の晶也の様子を思い出す。

俺の仕事を邪魔しないようにと常に気を使う彼が、ふいに俺の部屋に来た。もちろん甘い時間を過ごしたが……彼はずっと何か言いたげな顔をしていた。俺は、彼が俺のコンテストのことを心配してくれているのだろうと勝手に思っていたのだが……。

……そういえば、あの日、晶也は彼の母親と会っていたはず。そして母親は、晶也も知っているある人と会う予定だと言っていた。特徴のある名前だから覚えている。たしか……。

「店長」

俺の唇から、まるで何も感じていないかのような平然とした声が出る。

「篠原くんの見合いの相手は、西大路《にしおおじ》さんという方ではないですか？」

「ああ、やっぱりご存じの方なんですね？」

店長は話しすぎたことを後ろめたく思っていたのか、ホッとしたように言う。

「おっしゃるとおり、お見合いのお相手は西大路ゆり華《か》様とおっしゃるお嬢さんです。お兄さんの話によれば、京都にあるさまざまな宝石店の常連さんのようです。『婚約指輪はガヴアエッリ・ジョイエッロで誂《あつら》えようかな』などとおっしゃっておりましたよ。篠原さんがデザインするのでしょうか？　素敵なことですね」

店長はうんうんとうなずいて、

「篠原さんはお若いですが素晴らしい才能をお持ちのデザイナーさんです。あんな綺麗《きれい》なお嬢さんと結婚なされば、ますます仕事に身が入るのでは？　今後が楽しみですね」

彼は楽しげな声で、呆然《ぼうぜん》と立ちすくんでいる俺に言う。

「それでは、私は接客に戻ります。お出になる時にはインターフォンで呼んでください」

俺の背中で、金庫室の重いドアが、バタン、と閉められる。

その重い音が……俺の中では何かもっと別の扉が閉まる音に聞こえた。

それは例えば……晶也の心の扉、のような。

＊

「へえ〜、今度のこれもなかなかいい。調子いいじゃないか、晶也」

銀座店から戻り、デザイナー室に踏み込んだ俺は、晶也の隣の広瀬《ひろせ》の席に喜多川御堂《きたがわみどう》が座っていることに気づいた。広瀬は、悠太郎《ゆうたろう》のところに追いやられている。

「お、うるさい黒川雅樹《まさき》が戻ってきたぞ。こんなことをしたら怒るかな？」

喜多川御堂は面白そうに言って、晶也の耳たぶを指先でくすぐる。晶也は可愛く笑って、

「くすぐったいです！　御堂さん、やめてくださいってば！」

「喜多川くん」

俺は、喜多川御堂を睨《にら》み下ろしながら言う。

「話がある。ミーティングルームに」

デザイナー室の隣のミーティングルームのドアを示すと、喜多川御堂は怯《おび》えた顔になり、

「なんだよ？　くすぐったくらいでそんなに怒ることないだろう？」

「怒っているわけではなく、話がある」

俺が先に立って歩きだすと、喜多川御堂は、嘘だ、絶対に怒ってる、とぶつぶつ言いながらついて来る。

「話ってなんなんだよ？」

後ろ手にドアを閉めながら、喜多川御堂が警戒したように言う。

「うわ〜、その目、本気で怖いぜ、黒川雅樹」

喜多川御堂は、顔を引きつらせながら椅子に座る。ポケットからタバコを出して咥《くわ》え、

「で？　なんなんだよ？」

「君のいる喜多川家は、人間国宝を輩出しているほどの京都の旧家だな。西大路という家を知っているか？」

ライターでタバコに火をつけ、喜多川御堂はいぶかしげな顔をする。

「もちろん知っている。京都では知らぬ者のない旧家だよ」

「そこの、西大路ゆり華さんというお嬢さんのことは？」

「知ってるなんてもんじゃない。気は強いが美人で、京都の旧家の男が残らず狙ってる。西

大路家ほどの富豪と関係が持てれば、死ぬまで安泰だしな」

喜多川御堂はタバコを深く吸い、ゆっくりと煙を吐き出しながら俺を上目遣いで見る。

「晶也みたいな儚《はかな》げな美人には、ああいう気の強い女性もお似合いかもしれないな……なんて」

喜多川御堂の言葉が、俺の心に真《ま》っ直《す》ぐに突き刺さる。

……晶也が、結婚を考えている……？

……そんなことがありえるのだろうか……？

「冗談だよ？　わかってる？」

いぶかしげな顔をしながら言う喜多川御堂の言葉に、俺は呆然としたままで笑ってみせる。

「もちろんわかっている。晶也が俺を裏切るわけがない」

俺は、自分に言い聞かせるように言う。

……俺は、晶也のことを信じている。

……なのに……どうしてこんなに嫌な予感がするのだろう……？

＊

「ルビーは、最高ランクのものを五十ピースと言ったはずです。これでは半分以上が使えない」

電話をする俺の声が、知らずに苛立《いらだ》ってしまう。

俺のデスクの上には、調達部から回ってきたルビーのサンプルが置かれている。バイヤーとの交渉を慣れない新人が行ったらしく、トレイの上に置かれたその裸石は注文したものよりもはるかにランクが低い。

「金庫を探すか、でなければ調達し直しになります。……とりあえず今からうかがいます」

『いえ、黒川チーフに来ていただくなんて！　担当の人間と一緒にすぐにうかがいます！』

「それなら、できるだけ早くお願いします」

俺は言って、苛立ちに任せて受話器を乱暴に置く。

「……うう……怖いよ～……」

近くの席に座っている悠太郎が怯えた声を出したのに気づいて、顔を上げる。

話す声が想像以上に大きかったのか、デザイナー室のメンバーが残らずこちらを見ていた。

「ああ……最近の調達部はミスが目立つし、言いたいことはわかるのだが……」

アントニオが、ブランドチーフ席から声をかけてくる。

「もうちょっと優しく言えないか？　調達部だけでなく、デザイナー室のメンバーまでが怯えてしまって、仕事にならない」

その言葉に、俺は深いため息をつく。

「失礼しました。……みんな、仕事に戻ってくれ」

俺が言うと、悠太郎が心配そうに、

「黒川チーフ、大丈夫？　仕事が山積みの上にコンテストのデザイン画で疲れてない？」

聞いてくるが……見返した俺の目つきが怖かったのか、顔を引きつらせる。

「……っていうか、仕事が山積みなのはオレたちが〆切をじわじわ延ばすから？　すみませ〜ん」

言って、慌てて仕事に戻る。

銀座店で晶也の話を聞き、喜多川御堂からその相手の話を聞いてから……俺はコンテストのデザイン画のラフどころか、仕事のラフまでも少しも描けなくなっていた。

俺はいつもと変わっていないふうを装っているのだが、こうしてちょっとしたことで苛立って声を荒らげてしまう。そしてまた、そんな自分にさらに落ち込んでしまう。

俺がため息をついた時、終業を知らせるベルが鳴った。俺はいつもの癖で、向こう側のデスクにいる晶也の方を見てしまうのだが……。

「失礼します！」

ドアから飛び込んできた調達部の部長と新人が、俺の視線を遮った。

「今回はすみませんでした！　うちの新人が……ほら、君から事情を説明しなさい！」

説明というよりは言い訳を続ける新人の向こうで、晶也が帰り支度をして立ち上がったのが見える。

彼は書類を持って俺の席に近づいてきて、それを新人の脇からそっと俺のデスクの上に置く。

「すみません、急ぎの書類なのでお願いします。……お先に失礼します」

小さな声で言って、そのまま素早くデザイナー室を出ていってしまう。

俺は調達部の二人にルビーを返し、新しい裸石を揃《そろ》えるように指示してデザイナー室から追い出す。それから、晶也が置いていった書類に目を落とす。それはチェックが必要な書類ではなく、すでに上がったデザインのコピーだった。俺は、それを裏返す。

『世界大会のラフを描いているあなたの邪魔をしたくありません。今夜からしばらくお部屋に行くのはやめますね』

そこには、晶也の丁寧な字で小さくそう書かれていた。

俺は、そのコピーを握りしめ、ため息をつく。

……晶也、もしかしてその西大路という女性と会うつもりなのか……？

「仕事の邪魔になるから、痴話喧嘩《ちわげんか》はいい加減にしろ。今日一日荒れていただろう？　メンバーが怯えまくっている」

アントニオの声に、俺は顔を上げる。デザイナー室からほとんどのメンバーはすでに消えていて、残っているのはアントニオと悠太郎だけだった。

「さっさと仲直りしてくれる？　オレたちはいいけど、あきやが落ち込むのは可哀想《かわいそう》だよ」

「悠太郎、晶也と一緒ではなかったのか？」

俺と一緒に帰らない時には、晶也は必ず悠太郎と帰る。なのに……？

「なんか、約束があるとか言って先に帰っちゃった。誰に会うかも教えてくれないし。もしかして、誰かさんが荒れてるせいで落ち込んで、一人になりたかったのかも」

悠太郎は俺を睨み付けて言う。

「あきやを苦しめたら、オレが許さない。あなたとあきやが付き合う時に、言ってあるよな？」

悠太郎は、大学生の頃から親友である晶也を大切に守ってきた。晶也に対して恋に似た淡い感情を抱いていたようだが、晶也が俺を愛していると知った時には晶也の背中を押し、そして相思相愛になった時には『あきやを大切にしてくれ』と言って身を引いてくれた。

それ以来、悠太郎は晶也と俺のことを心配し続けている。だが、俺はいつも心配することなどないと笑っていた。

……だが……。

俺は、銀座店の店長から聞いた、晶也とその見合い相手のことを思い出す。

……もしかしたら、これは、痴話喧嘩などという生やさしいものではないのかもしれない。

激しい胸の痛みに思わず眉を顰《ひそ》めると、アントニオと悠太郎が揃ってため息をつく。

「マサキ。私たちが何を言おうとしているか、ちゃんとわかっているのか？」

彼の言葉が、ささくれ立った俺の神経を逆撫《さかな》でする。

「わかっています。仕事中は仕事に集中しろということでしょう？」

「……ったく！」

悠太郎が怒った声で言って立ち上がる。俺のデスクの角に尻を載せ、俺の顔を覗《のぞ》き込む。

「オレは部下で年下だし、ガヴァエッリ・チーフは上司だけどマヌケだし……」

マヌケとはなんだ？と言うアントニオの言葉を無視して、悠太郎が続ける。

「だけど、オレたち、心配しているんだぜ？」

「悪かったと言っているだろう。晶也に心配をさせないように……」

「そうじゃなくて！あなたのことを心配してるんだってば！」

悠太郎の言葉に、俺は驚いて顔を上げる。悠太郎とアントニオの顔には、本気で心配しているような表情が浮かんでいた。

「……俺のことを？なぜ？」

なんのことだか解《わか》らずに言うと、アントニオがため息をつく。

「今年の夏、李《リー》家の翡翠《ひすい》のデザイン画を描くために香港に行っただろう？あの時と同じ顔をしている。今にも死んでしまいそうな顔だ」

「オレたちですら、あなたを見てると苦しくなってくる。恋人のあきやは、どんなに心配してるかわからない」

「それならどうすればいいんだ？　晶也の前に出るなとでも……」

「そうじゃなくて！」

苛立った俺の言葉を、悠太郎が遮る。そして怒ったような声で叫ぶ。

「オレたちでよかったら相談に乗る、そう言ってるんだってば！」

あまりにも意外な言葉に、俺は言葉を失う。アントニオを見ると、彼はバツの悪そうな顔でうなずく。

「おまえのようなごつい男の恋愛相談などあまり聞きたくはないが……ユウタロが言うのだから仕方がない。何かあったら我々に相談しても構わない」

……この二人にまで、心配をかけてしまうなんて。

俺の心が、自己嫌悪に暗く曇る。俺は、二人に向かって無理やりに笑ってみせて、

「ありがとうございます。悠太郎もありがとう。……今はコンテストのラフに詰まっていて余裕がないだけなんだ」

俺の言葉に、悠太郎はやっと安心したように笑う。

「よかった、それならいいんだけど。……調達部の新人くんにはオレも文句があるんだ！今朝持ってきたエメラルドのサンプル、めちゃくちゃ汚くて！　あんな石で作ってもガヴァエッツリ・チーフがオッケーを出すわけないから全然参考にならないよ！」

「もちろんオーケーは出さない……というか、君は調達部から借りたサンプルをまだ返却していないのか？」

「うわ、金庫に鍵をかけられたらヤバいかも！　オレだけじゃ怒られそう！」

「仕方がない。ついていってあげよう」

アントニオは言って立ち上がり、俺の方を振り返る。そして俺を真っ直ぐに見つめて、

「本当に大丈夫なんだろうな？」

「大丈夫です。……人のことを心配する前に、ご自身の恋愛を心配なさったらどうです？」

俺が軽口を叩《たた》くと、アントニオはやっと安心したような顔になる。

「それはそうだ。おまえの心配をしている場合じゃないんだ。……行こう、ユウタロ。調達部についていく代わりに、今日は二人でイザカヤでデートだ。いいね？」

「だから嫌だってば！　あなたと二人きりで居酒屋に行くと座敷に押し倒そうとするし！

……黒川チーフ、もしかして気分転換に居酒屋行く？」

「俺は遠慮しておく。晶也をデートに誘うのを我慢したのだから、その分頑張らなくては」

「そうだよね、それじゃあオレたちはこれで！」

「戸締りは頼んだぞ」

二人は口々に言い、にぎやかに話しながら、荷物とサンプルの入ったケースを持ってデザイナー室を出ていく。

彼らの声が聞こえなくなってから、俺は深いため息をつく。

……俺は心が狭い。しかも恋人の心変わりが心配で、仕事ができなくなってしまうような情けない人間だ。

思いながら、鞄《かばん》を持って立ち上がる。

……こんな自分は、煌《きら》めくような才能を持ったあの晶也にはふさわしくないのかもしれない。

自分の考えが、心にさらに深い傷をつける。

俺はイタリア本社にいる頃から、日本支社にいる『アキヤ・シノハラ』というデザイナーの才能に注目し、心酔していた。そして自分を屈服させたのがどんな人間なのか確かめたくて、アントニオの日本支社視察に同行した。そして、日本支社宝石デザイナー室に足を踏み入れた。

俺は、素晴らしい仕事をする『アキヤ・シノハラ』が、自分と同じくらいの年齢、もしくはもっと年上のチーフクラスの人間だろうと思い込んでいた。彼の感性は若々しかったが、その一切の妥協のない完璧な仕事は、たくさんの経験によって培われたものだろうと思ったからだ。

しかし、挑戦的な気持ちでデザイナー室の中を見回した俺に、一人の青年が駆け寄ってきた。彼は目をキラキラさせながら、俺にガヴァエッリ・ジョイエッロの作品集を差し出して

「サインください！」と言った。

　彼の真っ直ぐな瞳と、恥ずかしげに染まった頬《ほお》が、今でも鮮やかに脳裏に蘇《よみがえ》る。俺はその時、ずっと心酔していた『アキヤ・シノハラ』が、目の前にいる美しい青年なのだと知ったのだ。

　あれほどの完璧な仕事をする『アキヤ・シノハラ』は、きっと傲慢《ごうまん》で描く機械のように非人間的な男だろうと俺はずっと思っていた。だが本物の晶也は、俺の想像していたデザイナー像とはまったく違っていた。

　彼は、純粋で、純情で、真っ直ぐで……何よりも美しいものを愛している。

　まだ本当の愛を知らなかった純情な晶也を、俺は欲望に任せて抱いた。そして彼をゲイという暗い道に引きずり込んだ。それが正しいことだったのか、俺には今でも解らない。

　晶也をこの手から逃がしてやることが、もしかしたら彼のためには一番なのかもしれない。

　だが、彼を失うことを思うだけで……今すぐに死んでしまいそうにつらい。

　俺はデザイナー室を横切って、ドアを出る。カードキーでドアをロックし、エレベーターに乗り込む。

　晶也は、まるで俺から逃げるようにしてデザイナー室を出ていった。彼は俺と真っ直ぐに対峙《たいじ》することを避けているように思える。

　……それは、俺に対する後ろめたさか、それとも、哀れみなのか……。

駐車場にある地下一階のボタンを押そうとした俺は、ふいに激しい虚《むな》しさを覚える。

……このまま部屋に戻っても、きっと仕事など進まない。

俺はため息をつき、一階のボタンを押す。

……それならせめて眠れるように、車は置いたままで、どこかで酒を飲んでいこう。

エレベーターが一階に到着し、ドアが開く。俺はロビーに踏み出して……。

「……あ……っ」

見知った顔の男がロビーのソファから立ち上がったことに気づいて、思わず足を止める。

「黒川さん」

彼は言い、そのまま俺に近づいてくる。

すらりとした身体で、流行のスーツを着こなしている。端整な顔立ちと、艶《つや》のある茶色の薄い髪。そして琥珀《こはくいろ》色の瞳。

彼の名前は篠原慎也《しんや》。晶也の実の兄で、アメリカーナ・エアラインのキャビンアテンダントをしている。ロサンゼルス・ベースのフライトチームにいるために、今はロサンゼルス在住のはずだ。

俺と晶也は、キスをしているところを偶然彼に目撃されたことがある。重度のブラザー・コンプレックスと言っていいほどに晶也を可愛がっている彼は、純情だと思っていた晶也のそんな姿を見たことが、とてもショックだったらしい。

しかし。ありがたいことに表立って反対はせずに、今のところ静観の姿勢を保ってくれている。ただ、日本に来るたびに俺にとても不味《まず》いお茶ばかりを差し入れるところが……俺を認めてはいないことを表している。

「篠原くんを迎えに来たのですか？　彼は用があると言って先に……」

俺は言いかけ、それからさっきまで慎也氏がいたソファから、一人の女性が立ち上がったことに気づいた。

ほっそりとした身体に、淡いピンクのスーツ。上品で端麗に整った顔をした、とても美しい人だ。その繊細な顔立ちと、透き通る琥珀色の瞳に、俺ははっきりと悟る。

……彼女が、晶也の母親か……。

「こんばんは」

彼女は小走りに近づいてきて、何もないはずの場所でいきなり躓《つまず》く。

「危ない！」

慎也氏は言って、彼女を支える。

「まったく、母さんは晶也と同じでそそっかしいんだから。見ていられない」

「あら、晶也ほどじゃないのに」

彼女は拗《す》ねたように言い、晶也とよく似た琥珀色の瞳を煌めかせて俺を見上げる。

……晶也は、本当に母親似なんだな。

俺は彼女を見下ろしながら思う。

小さく整った顔も、繊細な鼻筋も、珊瑚色《さんごいろ》の唇も、彼女から受け継いだものなのだろう。

……もしも晶也が結婚をして子供ができたとしたら、きっと、晶也によく似た美しい子が生まれるだろう。

俺の心が、また壊れそうに痛む。

「うちの母です。会うのは初めてですね？」

慎也氏の言葉に、俺は動揺を押し隠して挨拶をする。

「初めまして、黒川雅樹といいます」

「初めまして、篠原亜也子《あやこ》です。晶也の母親です」

彼女は言い、とても嬉《うれ》しそうな笑みを浮かべて俺を見上げてくる。

「晶也からいつも聞かされているんです。とても素敵な上司の方がいて、とてもお世話になっているって。写真を見せてもらったこともあるのよ。実物の方がもっとハンサムなんですね。まるで俳優さんみたい」

「母さん、黒川さんは、晶也の上司だから」

慎也氏が、はしゃいでいる亜也子さんの言葉を遮る。亜也子さんは舌を出してから、

「慎也が晶也の顔を見たいって言うから、一緒に私も来ちゃいました。……晶也はまだデザイナー室ですか？」

「篠原くんなら、終業後、すぐに会社を出ました」

俺の言葉に、亜也子さんは少しがっかりした顔をするが……。

「あ、もしかしてゆり華さんとデートかしら？　それなら邪魔しちゃいけないわね」

亜也子さんの言葉に、俺は耐え切れずに聞いてしまう。

「篠原くんがお見合いをしたと聞きましたが……本当なんですか？」

俺の言葉に、慎也氏がとても驚いた顔をする。

「晶也が、お見合いをした？」

「実はそうなの」

亜也子さんは楽しそうな声で、

「晶也はまだ働きだしたばかりだし、お見合いなんて少し早いかとも思ったんだけど。……でも恋人はいないって言っていたし、素敵なお嬢さんを紹介するくらいなら、いいかしらと思って」

……恋人は、いない……。

その言葉に、俺は深いショックを受ける。俺と晶也の関係を知っている慎也氏は動揺を隠しきれない顔で、俺と亜也子さんの間に視線を往復させている。

「ゆり華さんは本当に綺麗なお嬢さんなのよ。もしも晶也とゆり華さんが結婚して、赤ちゃんが生まれたとしたら、本当にうっとりするほど可愛らしいと思うの」

亜也子さんの無邪気な言葉が、まるで鋭い槍《やり》のように、俺の心に深く深く突き刺さる。

俺は晶也を心から愛している。そして彼が欲しがるものならどんなものでも手に入れて彼に捧げる覚悟だ。しかし、俺が絶対に手に入れられないものが二つある。

一つは、みんなから祝福される結婚。そしてもう一つは……二人の血を引いた子供。

俺は物心ついた時から自分がゲイであることに気づいていた。だからそんなものはもうとっくにあきらめている。

しかし晶也は、俺に会うまではゲイではなかった。聡明な晶也がそんなものを要求したことは一度もないが……きっと彼の頭には、結婚と子供という言葉がまだ残っているはずだ。

……だから、見合いをし、結婚を前提とした女性との交際をしている……？

「もしも晶也の結婚が決まったら、お式には来てくださいね」

亜也子さんのはしゃいだ言葉に、俺は言葉に詰まる。

愛している晶也がほかの誰かのものになる瞬間など、正視できるわけがない。だが……。

晶也によく似た亜也子さんが嬉しそうに話している顔を見ていると……俺の心に刺さった鋭いものが、ずきずきと激しく痛む。

俺の父親は二度離婚している。

俺の本当の母親は冷たい人で、俺は母親のぬくもりなど覚えていない。

二度目の母親は、義理の息子である俺に色目を使う……言っては悪いが最悪の女性だった。

三度目に父親と結婚したしのぶさんという女性は、気が強いが真っ直ぐで、一番母親らしいと言ってもいい。俺は彼女を認め、好感を持っているが、彼女はまだ二十一歳。母親と思える歳《とし》ではない。

家族のあたたかみを知らずに育った俺には、晶也が家族を大切にする気持ちが痛いほどに解る。

晶也から聞く家族像は、俺にとっては理想とも思えるもの。俺は晶也だけでなく、晶也の家族の幸せも壊したくない、と思っている。

「なんて、気が早すぎますね。でも晶也が結婚したら祝福してくれますよね？」

両親にはまだカミングアウトしていない、一人前のデザイナーになってから堂々とカミングアウトしたい……晶也はそう言った。だが、彼女の言葉を聞いていると、俺と晶也のことを薄々気づかれているような気がしてくる。

……もしかしたら彼女は、母親独特の鋭い勘で何かを感じ取っているのかもしれない。

……俺が、晶也の将来に傷をつける危険な男であることを。

亜也子さんは、答えない俺をどこか心配そうに見上げている。

「もちろん祝福します。結婚式にはうかがいますよ」

俺は彼女を安心させるために平静を装って言うが、語尾が微《かす》かに震えてしまう。

「黒川さん」

複雑な顔で黙ったままだった慎也氏が、俺に向かって厳しい声で言う。

「一つ聞かせてください。黒川さんは、まだ若い晶也が結婚することに……反対はしないのですか？」

彼の問いに、俺は無理やりに笑ってみせる。

「ただの上司である俺には……そんな権利はありません」

足元から地面が崩れていくような、激しい喪失感が俺を襲う。

……そうだ、晶也の人としての幸せを取り上げる権利は、俺には……。

# AKIYA　4

……雅樹がとてもつらそうだ。

今日もまた西大路兄妹に付き合わされてしまいながら、僕は雅樹のことばかりを考えている。

……大丈夫だろうか？

「五千万円なら、別に高くはない」

「そうね、晶也さんがデザインしたと思えば、安いくらいだわ」

二人は言い合い、ゆり華さんは僕のチョーカーをまだ試着している。

今日の彼女は髪を大きくカールさせ、マゼンタピンクのシャネルスーツを着ている。

着物の時には仕方ないかと思ったけれど……洋装になると、本当によく解る。僕がデザインしたクラシカルなイメージのチョーカーは、彼女の雰囲気には全然合っていない。

「本当によく似合うよ、ゆり華」

「そうね。もう買ってしまってもいいかしら？」

二人は言って、僕の方を振り返る。

二人は今日も僕を呼び出して銀座店に足を運び、あのチョーカーをケースから取り出していた。さらに面倒なことに、今夜は日本支社の営業部長までがお店に視察に来ている。

「篠原くん」

ケースの陰から呼ばれ、僕は慌てて営業部長のところに駆け寄る。

「はい」

「昨日も言っただろう？　イタリア本社のマジオ・ガヴァエッリ副社長から『あのチョーカーを必ず売るように』と圧力がかかっている。売り上げのためにきちんと接客してくれ」

言って物陰から追い出され、僕はため息をつきながら二人に近づく。

……ああ、どうしてこんなことになっちゃったんだろう……？

実は。昨日、企画部に行った時に営業部長と偶然会った。彼は銀座店に僕と西大路兄妹が来てあのチョーカーを見ていることを聞きつけたらしい。『接客は君に任せたよ。ぜひともあのチョーカーを売ってくれ』と言われて……僕は二人からの呼び出しを断れなくなっていたんだ。

毎回お兄さんという保護者つきだけど……これじゃまるでお見合いにオッケーの返事を出して、結婚を前提としたお付き合いでも始めてしまったみたい。

ゆり華さんはさりげなく結婚式はこんなふうがいいとか夢を語ってくるし、お兄さんの方は京都がどんなに住みやすい場所かを滔々《とうとう》と説いてくる。

……これじゃあお見合いどころか、僕が京都に婿《むこ》養子に行くことが決まったみたいだ。

雅樹のことをカミングアウトすることができたらどんなに楽だろうと思うけれど、彼らに言ったら彼らの叔母さんである華世《はなよ》さんに伝わるだろうし、そうなったらうちの母さんにも隠してはおけないだろう。あののんびりした母さんがショックを受けるところを想像するだけで、血の気が引いてしまう。

それに僕は雅樹と一生添い遂げるつもりだ。カミングアウトするのは一人前のデザイナーになってから、と心の中で決めている。だからそれ以外の理由で両親に雅樹のことが知られるのはどうしても避けたくて。

延々と付き合わされ、でもやはり今日もチョーカーを買うことはないまま、西大路兄妹はガヴァエッリ・ジョイエッロを後にした。まるで悪いことでもしたみたいに営業部長に睨まれて、僕はなんだか悲しくなる。

……僕のチョーカーは、そんなに売れなさそうだと判断されているんだろうか？

自分たちが宿泊している帝都《ていと》ホテルに遊びに来いと、二人はしつこく誘ってきたけれど……心身ともに疲れ果てた僕は、それを振り切るようにして銀座を後にした。

そして、どうしても我慢できずに、天王洲《てんのうず》にある雅樹のマンションの前まで来てしまった。

……彼はきっと、とても忙しくしている。

……だから、ほんの一目だけ会ったら、すぐに帰ろう。
僕は思いながらオートロックを解除し、雅樹の部屋に向かうエレベーターに乗った。
……一目だけでもいいから、会いたい……。
その気持ちの強さに、僕は自分がとても疲れていることを自覚する。
……一目だけでも雅樹に会えれば、きっと、すごく嬉しくて……。
僕は思いながらエレベーターを降り、雅樹の部屋の金属製のドアの前に立つ。
そして、そっとドアをノックする。
僕のノックが聞こえたように、内側から鍵を開ける音がする。ドアが開き……。
「こんばんは。あの、少しだけ顔が見たくなって……」
僕は言いかけ、雅樹を見上げて思わず言葉を切る。
雅樹は激しい怒りを無理やりに抑え込んでいるような顔をしていた。
「……あ……」
全身からスッと血の気が引く。
……雅樹、もしかしてすごく怒ってる……？
「すまないが、君を部屋に上げてあげられるほどの心の余裕がない」
彼の冷たい声に、僕は衝撃を受ける。
……コンテスト前の忙しい時に邪魔ばかりして、僕ってなんてひどい恋人なんだろう？

「お仕事の邪魔をして、すみませんでした」

僕は後ずさりしながら頭を下げる。

「お仕事、頑張ってください」

言って踵《きびす》を返し、もう振り向かないままエレベーターまで走る。下行きのボタンを押し、うつむいたままでエレベーターが来るのを待つ。

後ろで、彼の部屋のドアが閉まる音がする。その重い音が、まるで雅樹の心の扉が閉まったかのように、僕には思えた。

部屋から僕が帰る時、雅樹はいつもエレベーターに一緒に乗り、一階まで送ってくれていた。エレベーターホールでキスをして、そのままエレベーターで抱き合って……どうしても名残《なごり》惜しくなって、また部屋に戻ってしまったりする。

……ほんの数日前までそうだったのに……なんだか、あの甘い日々が全部幻だったみたいな気がする。

……ああ、自分の心の弱さに、泣いてしまいそうだ。

*

アパートに帰った僕は、自分の部屋の明かりがついていることに驚いてしまった。

まさかと思いながらも、合鍵を持っている雅樹が車で来てくれた気がして、慌てて階段を駆け上る。

そして部屋のドアを勢いよく開き……。

「お帰りなさい、晶也。寒かったから、合鍵で入っちゃったわ」

リビングにしている和室には……雅樹ではなく、母さんと兄さんが座っていた。お茶をいれてくつろいでいたらしく、ローテーブルの上には紅茶ポットとカップが二つ並んでいる。

「二人とも……どうして……？」

「今日はコンサートだったの。晶也の顔が見たいって言う慎也と一緒にね。会社にも行ったんだけど、晶也はもう帰ったって黒川チーフが言って」

「黒川チーフに……会ったの？」

僕の声が、驚きにかすれてしまう。母さんは嬉しそうにうなずいて、

「とてもハンサムで優しくて、お母さん感激しちゃった。それから、彼が車でここまで送ってくれたのよ。マスタングっていうの？　素敵な車ね！」

楽しそうな母さんの言葉に僕はさらに青ざめる。

……この忙しい時期に雅樹にそんなことまでさせてしまったなんて。これじゃあ彼が怒っても仕方がないかもしれない……。

「晶也」

黙って座っていた兄さんが、言ってふいに立ち上がる。

「ちょっと買いたいものがあるんだ。コンビニエンスストアまで案内してくれないか？」

「え？　あ、うん。……行ってくるね。すぐそこだから」

「じゃあ、私は晶也の分のお茶をいれているわね」

僕と兄さんは、母さんを置いて部屋を出た。なんだかとても深刻な顔をした兄さんは、コンビニの手前の公園で、ふいに立ち止まる。

「……あの男はもうやめろ」

低い声で言われた言葉に、僕は愕然《がくぜん》とする、

「……どうしてそんな……？」

兄さんはずっと、僕が男である雅樹と恋愛することに反対していた。だけどこんな頭ごなしの言い方をしたことはなかったのに。

「黒川チーフと、何かあったの……？」

怯えながら聞く僕に、兄さんは苦しげな顔をして、

「おまえ、ゆり華さんというお嬢さんと見合いをさせられたんだって？」

「お見合いっていうか……イタズラ半分にセッティングされただけなんだけど……」

「母さんは黒川雅樹にそのことを話してしまった。一瞬ヤバいと思ったが……あの男は何の反応も示さなかった」

……え……？

「そして『晶也が結婚することに反対はしないのですか？』というおれの問いに、彼は笑って『ただの上司である俺には、そんな権利はありません』と答えたんだ」

兄さんの声が、怒りに震えている。

「彼があんな男だとは思わなかった。おまえが本気で愛していると言ったから今まで静観していたが、もう我慢できない。……すぐにでもあの男と別れるんだ」

兄さんの言葉を、僕は愕然としながら聞いた。

あまりにもショックが大きすぎて兄さんが何を言ってるのか全然解らない。

「会ったばかりのゆり華さんと結婚しろとは言わない。だが、おまえには女性と結婚して幸せに暮らすのがきっと似合っているんだ」

……雅樹は、僕のことなんかもう嫌いになったんだろうか……？

# MASAKI 4

……晶也を怯えさせたくないので、苛立った顔はもう見せられない。

終業後のデザイナー室。一人残った俺は、真っ白なクロッキー帳を見つめて呆然と思う。

……もう、そんな気力すらないが……。

晶也は一日中寂しげにうつむき、俺とまったく目を合わせることはなかった。そして終業後すぐに、悠太郎と一緒に会社を出ていった。

昨夜の俺は、せっかく来てくれた晶也を追い返してしまった。

晶也のいつもと変わらない美しい笑顔を見ただけで、俺はおかしくなりそうだった。

もしもあんな顔で平然と「ほかの女性と結婚したいんです」と言われたら……俺は彼に何をするか解らなかった。誰にも渡さない、と言いながら強引に押し倒し、スーツを無理やり剝《は》ぎ取って彼が気絶するまで抱いてしまいそうだった。

部屋に上げることを拒んだ時の彼の寂しげな顔が、俺の落ち込みにさらに拍車をかけている。

ボロボロになった俺は、『セミプレシャスストーン・デザイン・コンテスト』に応募するためのラフはもちろん、仕事のデザイン画さえ、一枚も描けなくなっている。

何かのきっかけを摑《つか》むために銀座店や日本支社の金庫、そして御徒町《おかちまち》にある裸石の卸問屋を回り続けたが……『セミプレシャスストーン・デザイン・コンテスト』の応募作に使いたいような、心を動かしてくれる半貴石とは、未《いま》だに出会えない。

もしもこのまま気に入った石が見つからなければ、金庫にある石を適当に選んでそれを使ったデザイン画を描かなくてはならない。

……だが、心を動かされていない石のためのデザイン画で、果たして優勝できるのか……？

思っただけで、全身から血の気が引くような気がする。

あのコンテストは若手の新進デザイナーの応募が多く、勝ち残るには鋭い感性が要求される。そして世界大会では、レベルも、競争率も、格段に高くなる。

ここ数年、世界大会での優勝は俺とアントニオが独占してきた。そこを狙うのが当然とされている俺は……優勝できないことが、とても恐ろしい。

……優勝という名誉が欲しいわけではなく……。

俺は両手で顔を覆い、深いため息をつく。

……優勝できれば、少しでも晶也の心を繫《つな》ぎ留められる気がして……。

「やっぱりいたな、黒川雅樹」

いきなり響いた声に、俺は顔を上げる。開いたドアのところに立っていたのは、喜多川御堂だった。

「もう終業した。晶也は……」

「おれが用があるのはあんたにだ。どうせ残って落ち込んでると思ったんだよ」

喜多川御堂が後ろ手にドアを閉め、つかつかとデザイナー室の中に入ってくる。

「あんたが落ち込むのはいいけど、おれの晶也まで落ち込ませることはないだろう？」

「なんのことだ？」

「気づいてないのか？　せっかくおれが作ってやるって言っているのに、デザイン画が一枚も上がっていない」

喜多川御堂は怒りを含んだ口調で言い……それからふいに心配そうな顔になる。

「もしかしていつもの痴話喧嘩じゃなく、本気で喧嘩してるんじゃないだろうな？」

「喧嘩というよりは……」

俺はつらいため息をつきながら言う。

「俺が晶也に捨てられるところ、といった方が正しい」

「なんだって？」

喜多川御堂は、とても驚いたように言う。

「妬《や》けるほどあんたに夢中だった晶也が、そんなことするわけがないだろう？」

「彼の家族から聞いた。晶也は……俺に黙って見合いをしている」

「見合い？」

「そうだ。そして晶也は、相手の女性のことが気に入っている。二人でしょっちゅう銀座店でデートをしているらしい」

　喜多川御堂は愕然とした顔で少し考え、それから、

「二人じゃなくて、三人じゃないのか？」

　と言ってくる。俺は驚いて、

「ああ……そういえばデートの時には兄が同伴していると聞いた。だが、なぜそれを……」

「怜一《れいいち》には気をつけろと言ったのに！」

「知り合いなのか？」

「おれも京都の人間だ。あの二人は有名人でね。妹の方は重度のブラコン、そしてあの兄の方はゲイじゃないかと噂されている。二人ともとんでもない美形なんだが、公には浮いた噂がまったくない。だが、兄の方は親の財産を食いつぶしながら、京都中の美青年を次々に喰いまくっているとも聞く」

「本当なのか？」

「真偽は謎だが……ともかく……」

喜多川御堂が言いかけた時、乱暴にデザイナー室のドアが開いた。驚いて顔を上げると、悠太郎がデザイナー室に飛び込んできたところだった。

「黒川チーフ、あきやが本気でヘンだよ！」

彼の言葉に、俺は驚いてしまう。

「一緒に帰ったんじゃなかったのか？」

悠太郎は激しくかぶりを振り、

「会社を出たところで携帯に電話がかかってきて、晶也がどっかに行っちゃった！　しかも『今ホテルですか？』とか言ってたから心配で！」

……ホテル？

その言葉に、俺は愕然とする。

「オレは止めたのに、あきやは聞かずにタクシーでどっかに行っちゃうし！　あなたたちどうなってるんだよ？　あきやが危ない目に遭ったらどうしてくれるんだよ？」

悠太郎は本気で怒った顔で俺に詰め寄ってくる。

「あの一途な晶也が、あんた以外の人間になびくとはとても思えない」

喜多川御堂が、眉を顰めて言う。

「そしてあの兄妹は、綺麗な顔をしてとんだ食わせ者だとおれは思ってる」

彼はその漆黒《しっくい》の瞳で、俺を強く睨みつける。

「しっかりしろ、黒川雅樹！　晶也を守れるのはあんただけなんだぞ！」

その言葉に、俺は目が覚める思いがした。

……そうだ、あの晶也が心変わりをするわけがない……。

……彼を疑うなんて、俺はどうかしていた……！

「その兄妹が定宿にしている場所を知っているか？」

俺が聞くと、喜多川御堂は、

「西大路家の人間は帝都ホテルにしか泊まらない。しかも最上階の一番高いスイートだ」

「わかった、ありがとう」

俺は言って、鞄を持って立ち上がり、そのままデザイナー室を飛び出した。

心に、とても嫌な予感が黒く渦巻いている。

晶也はその麗しさと無防備さゆえにたくさんの男に狙われてきた。そのたび俺は彼を救い出してきたが……心に渦巻く予感は、その時のものとよく似ている。

……晶也、無事でいてくれ……！

AKIYA　5

「苦しくはないですか？」

僕は、帝都ホテルのとんでもなく豪華なスイートにいた。ベッドの中には浴衣《ゆかた》姿のゆり華さんがいる。

「濡《ぬ》れタオルを載せますね。冷たいですよ」

僕は言いながら、絞ったタオルを彼女の額に載せてあげる。

「ありがとう、晶也さん。本当に優しいのね」

目を潤ませたゆり華さんが、僕に言う。

「とんでもないです。気にしないで、なんでも言いつけてください」

悠太郎と一緒に帰ろうとしていた時、怜一さんから電話が来た。そして「ゆり華が風邪で倒れてしまったんです。私では、どうしたらいいのか……」ととても困った声で言われてしまった。僕は驚いて、慌ててタクシーでホテルに駆けつけたんだ。

ホテルの医者にはもう診てもらったというし、僕ではあまり役に立たないだろうと思ったんだけど……怜一さんは、妹さんのことが心配なのか、おろおろするばかりで役に立たなそうだ。

……きっと、慣れない東京で毎日出歩いていたから、疲れがたまってしまったんだろう。

……せめて、僕にできることだけでもしてあげよう。

「お兄様は？」

「飲み物を買いに、ホテルの近くにあるコンビニに行っています。すぐに戻りますよ」

「じゃあ、今は晶也さんと二人きりなのね。……なんだかちょっと暑いみたい」

ゆり華さんは言って、布団をずらす。

「暑いですか？　熱が下がる前兆かもしれませんね」

僕は言い……あることに気づいて、慌てて彼女から目をそらす。

布団をずらした拍子に浴衣がはだけ、ゆり華さんの胸元が覗いてしまっていて……。

……いくら風邪をひいているとはいえ、お嫁入り前の女性と密室で二人きりになるのは、よくないことだよね、きっと。

「ええと……もうお休みになった方がいいですね。僕は隣の部屋にいて、怜一さんが帰ってきたら失礼しますので、お大事に……」

立ち上がろうとする僕の腕を、ゆり華さんが病人とは思えないような強い力で摑んだ。

……え……？

グイッ！

振り向きざまにいきなり腕を引かれ、バランスを崩して彼女がいるベッドの上に座ってしまう。

「あ、すみません！」

慌てて立ち上がろうとする僕を、ゆり華さんがいきなりベッドの上に押し倒した。

……こ、これって……？

「驚いた顔も本当に可愛い。最初に会った時から思っていたんです。まるでビスクドールみたいに綺麗。私のものにしたいって」

身体《からだ》全体で僕を押さえ込むようにしながら、ゆり華さんが囁《ささや》いてくる。

「退屈な西大路の家にあなたみたいな綺麗な人がいたら、毎日がとても楽しいと思うのよ。だから私と結婚してくださいね」

にっこり笑って言われて、僕は青くなる。

「待ってください。僕は……」

のしかかってきたのが男だったら、乱暴にはねのけることもできたかもしれない。だけど、相手は華奢《きゃしゃ》な女性で……。

「嫌だったら力いっぱい抵抗してくれてもいいのよ。そんなことをしたら私がベッドから落ちて怪我をしてしまうかもしれないけど」

驚いて動けなくなる僕のネクタイを、彼女の指がすばやく解《ほど》いてしまう。

「晶也さんって本当に紳士的だから、女の私にそんな可哀想なことなんかできないでしょう？」

彼女の手が動いて、僕のワイシャツのボタンを外していく。

「待ってください。どうしてこんなこと……」

「あなたがあんまり綺麗で可愛いから。まあ、これは何？」

彼女が、僕の首に下げられているチェーンと、その先に下がっているリングを指差す。

「これは……僕の恋人がくれたものです」

僕は、ちゃんと言わなくちゃ、と思いながら告白する。

「今まで言わなくてすみません。僕には将来を誓い合った恋人がいます」

彼女は呆気《あっけ》にとられた顔をして……それからふいに言う。

「その女とはもう寝たの？」

あまりにも露骨な質問に、僕は驚いてしまう。それに、僕の恋人は女性ではないし……。

言葉に詰まった僕を見下ろし、彼女はその唇にニヤリと笑みを浮かべる。

「やっぱり未経験ね？　私が近くに行くといちいち緊張するから……そうだと思ったのよ」

彼女の手が僕の首の後ろに回り、チェーンの留金をいきなり外す。彼女がチェーンとリングをベッドサイドテーブルに置いたのを見て、僕は驚いてしまう。

「そんな女、忘れちゃいなさいよ」

女性とは思えないような獰猛《どうもう》な顔で言われて愕然とする。

「すべすべの肌ね。食べちゃいたいわ」

彼女が囁いて、いきなり僕の胸元に唇を押し付けてくる。

無理やり押し付けられる、布越しの豊かな胸の感触。彼女がつけている真紅の口紅が首筋にベッタリと付いた感じに……吐き気がする。

「篠原さん、私と結婚してください。あなただって毎晩付き合ってくれていたじゃない？私が嫌いじゃないんでしょ？」

彼女の手が、僕の剝《む》き出しの胸を滑る。

「まあ、綺麗な淡いピンク色。女の子の胸みたいね」

真っ赤なマニキュアを施された指が、僕の乳首を摘《つま》み上げる。

「……くっ！」

僕は嫌悪に唇を嚙《か》む。雅樹に触れられるととても感じてしまうけど……ほかの人に触れられても気持ちが悪いだけだ。

「ねえ。もしかして感じちゃう？　ホントに女の子みたい」

粘るような声で囁きながら、彼女が僕の乳首をくすぐってくる。僕は吐き気をこらえながら言う。

「やめてください。どうしてそんなことをするんですか？」

「世間で言う既成事実というやつを作ろうと思うの。あなたみたいな律儀な人は、一度寝てしまったらもう絶対に私との結婚を断れなくなるでしょう？」

彼女のもう片方の手が滑り下り、スラックスのベルトの金具を外そうとしていることに気づいて、僕は驚いてしまう。

「ダメです！　嫁入り前の女性が、そんなことをしてはいけません！」

僕は彼女の手首を握りしめ、彼女の動きを必死で止める。

「すみません、僕の恋人は女性ではありません！　僕は女性には興味が持てないんです！ですから僕と結婚することはあきらめてください！」

……ああ、言ってしまった。

でも、僕は、自分のはっきりしない態度のせいで、彼女を思いつめさせてしまったことがとても申し訳なくて……。

彼女はものすごく驚いた顔をして僕を見つめる。

「驚きましたよね？　すみません。でも……」

僕は言いかけ、彼女がフッと笑ったことに気づいて言葉を切る。

「ねえ、お兄様の言うとおりだったわよ！」

彼女はなぜかドアの方に向かって叫ぶ。買い物に出ていたはずの怜一さんがいきなりドア

を開け、僕はさらに驚いてしまう。

「これは……？」

怜一さんは、楽しそうに笑いながら部屋に入ってくる。

「だから言っただろう？　誘うような潤んだ瞳、滴《したた》るような色気……絶対にゲイだと思ったんだ」

ゆり華さんは浴衣の襟をかき合わせ、残念そうな顔で僕の身体の上から下りる。

「お兄様は、ずっとあなたがゲイだと主張していたのよ。……ビスクドールみたいに綺麗で気に入ったのに、本当に残念」

ゆり華さんの言葉に怜一さんが笑い、近づいてくる。

「だから言っただろう？　交替だな」

怜一さんが言いながらベッドに上がってきたのを見て、僕はベッドの上を後ずさる。

「な、何を……」

「さっきゆり華が言っただろう？　既成事実ってやつを作らせてもらうよ」

彼の手が伸ばされ、僕の二の腕を強く摑む。

「表向きはゆり華の夫、実際は私の愛人。ちょっとした我慢をするだけで、高貴な家柄と莫大な財産は君のものになる。親御さんもきっと喜んでくれるよ」

言いながらベッドの上に押し倒され、僕は本気で怯えてしまう。

「やめてください、僕は……」

「私たちは、生まれた時から欲しいものはなんでも手に入れてきた。でも、こんなに欲しいと思うものに出会ったのは初めてなんだよ」

彼が囁いて、僕の両手首を一つにまとめてベッドに押し付ける。

「放してください！」

「そうはいかない。こんなに綺麗なもの、逃がすわけがないだろう？」

言いながら、僕の胸元に顔を埋《うず》める。

「……やめてください……う……っ」

鎖骨の上をネロリと舐《な》め上げられて、僕は嫌悪のあまりギュッと目を閉じる。

パシャ！

その時、いきなりシャッター音が響き、フラッシュがたかれて、僕はハッと目を開ける。

「……え……？」

デジカメを構えていたのは、ゆり華さんだった。彼女はにっこり笑って、

「とても美しい絵が撮れたわよ。押し倒されて動揺するあなたは、淫靡《いんび》で本当に素敵」

彼女が、デジカメの液晶画面を僕の方に向けてみせる。映っている画像は、まるで僕と怜一さんがエッチなことをしている場面みたいに見えた。

「悩ましく眉を寄せちゃって、まるでとってても感じてるみたい。もしかして、もう感じちゃ

ってるのかしら？」

ゆり華さんは言いながら、何度もシャッターを切っていく。

「これをあなたのお母様に見せてしまったら、きっと本当にショックを受けるでしょうね。大切に育ててきた美しい息子が、ゲイだなんて」

その言葉に、僕の全身から血の気が引くのを感じる。

……いつかはゲイであることをカミングアウトしなくてはならない。だけどこんなことでそれを知られるのは……！

「写真が撮れたのなら少し二人きりにしてくれないか？　我慢ができなくなってきた」

怜一さんの言葉に、ゆり華さんはとても不満そうな顔をする。

「お兄様のケチ。綺麗な晶也さんが喘《あえ》ぐところ、私も見たいのに……」

「いいから早く行け」

彼女がぶつぶつ文句を言いながら、部屋を出て行く。

彼女が部屋から消えると、怜一さんは僕に本気でのしかかってくる。

「せっかくだから楽しみましょう。君だってまんざらじゃないはずだ」

僕の抵抗をものともせずに、彼の手が僕のベルトの金具を外す。

「だって、ゲイなんだから。男が好きなんでしょう？」

「それは間違ってます！」

僕は、ファスナーを下ろそうとする彼の手の動きを止めようとして、その手を掴む。

「僕は男が好きなんじゃなくて、好きな人がいるんです！　彼以外の男に抱かれるなんて、絶対に嫌です！」

「へえ、可愛いな。でもそんなの時代遅れだよ」

彼が楽しそうに言いながら、僕の両手首を片手で摑み上げる。

「もうちょっと現代的になったらどう？」

彼がシーツの上に落ちていた僕のネクタイを拾い上げ、僕の両手首を頭の上で縛り上げる。

自力ではとても解けないようなその強さに、僕は本気で怯える。

……彼は、こういうことに慣れている……？

「気持ちいいことをして、金まで手に入ったら最高じゃないか？」

彼は言いながら、両手首を拘束された僕を満足げに見下ろしてくる。

「君のデザインしたあのチョーカーは、たしかに綺麗だった。だから君は才能に溢《あふ》れたデザイナーなのかもしれない。だけど……働くってことはしょせん金が欲しいんだろう？」

彼の言葉がとっさに理解できずに、僕は呆然とする。

「……え？」

「西大路の家には、あり余るほどの財産がある。一生遊んで暮らせるくらいのね。ゆり華と結婚すれば、好きなデザイン画だけを描いて暮らせる。宝石が欲しければいくらでも買える。

……もう、あくせく働くことなんかなくなるんだよ」

怜一さんはうっとりした声で言いながら、手のひらを僕のみぞおちに当てる。

「夜になったら、私がいくらでも抱いてあげるしね。もう、男にも一生不自由しなくていいよ」

彼のじっとりと汗ばんだ手が、僕の肌をゆっくりと撫でる。

「そんな生活……」

嫌悪感に眉を寄せながら、僕は彼を睨み上げる。

「……楽しいはずがない」

僕の言葉に、彼は驚いたように手を止める。

「なぜ？　欲しいものがなんでも手に入る生活が、楽しくないわけがないだろう？」

「僕はデザイナーです。プロのデザイナーとして仕事ができることに誇りを持っているし、これから頑張って一人前になりたいという夢がある。そしていつかは……彼にふさわしい人間になりたいんです」

僕の言葉に、怜一さんは驚いた顔をする。

「だから、あなたが言うような生活には、少しも魅力を感じません」

彼は目を見開いて僕を見つめ……それから開き直ったように笑う。

「どうしても、ゆり華との結婚を断りたいと？」

「当然です。結婚は、愛している人とするものです」

僕が言うと、彼は何かを考えるように僕を見つめ、動きを止める。彼の顔に迷いが浮かんだのを見て、僕は解ってくれたかもしれない、と思う。

「なるほどね」

怜一さんの口から出た言葉に、僕は少なからずホッとする。

「わかってくれましたか？　このネクタイを解いてください」

「それはできないよ」

怜一さんが、ふいに凶暴な笑みを浮かべたことに気づいて、僕は青ざめる。

「君が、可愛い顔に似合わないしっかり者だということはわかった。だが、そんな庶民的な考え方は、富豪のジュニアである私たちには邪魔なばかりなんだよ」

彼の手が、僕のスラックスの前立てのボタンを外したことに気づいて僕は本気で青ざめる。

「大富豪のジュニアは、大富豪のジュニアらしく、毎日を楽しく暮らせばいい」

彼の指が、僕のスラックスのファスナーを、楽しむようにゆっくりと下ろす。

「たとえば、こんなふうにイケナイ遊びを楽しんだりね」

……雅樹じゃない人間とこんなことをするなんて、絶対に嫌だ……！

「……嫌だ……僕は雅樹だけの……」

僕の唇から、雅樹の名前が漏れた。

「もしかして、それが恋人の名前かな？　嫌がる君を犯すのは……とてもゾクゾクするよ」

スラックスのファスナーが最後まで下ろされる。

彼の手が、スラックスと下着をまとめて摑む。

「こんなに色っぽくて綺麗な身体をしているんだから……」

彼が、舌なめずりでもしそうないやらしい顔で笑う。

「……きっとアソコも、とても素晴らしいんだろうな」

「……嫌だ……」

君は私だけのものだ、という雅樹の低い囁きが、耳の奥に蘇る。

雅樹の愛《いと》おしげな視線、美しい指、そして胸が痛くなるような優しいキス。

「……雅樹……」

両手を縛られ、抵抗のできない僕のスラックスと下着を……雅樹以外の男が、ゆっくりと下ろそうとしている。

「嫌だ！」

僕はかぶりを振り、声を限りに叫ぶ。

「雅樹以外の男に触れられるなんて、絶対に嫌だ！」

「ああ、本当にたまらないな。もっと抵抗してくれよ」

彼の手が、僕のお腹《なか》を撫で回す。僕は嫌悪に震え、それからなんとか逃れようとして必死で暴れる。

「……ぐっ！」

僕の膝《ひざ》が、彼の顎《あご》に当たる。それはほんの偶然で、しかもかすめただけだったけど……。

「この……！」

笑っていた彼の顔が、まるで別人のように引きつる。

「せっかくの二人の初夜だから、優しくしてやろうと思ったのに……もうやめだ」

彼が言って、まるで発情した獣みたいにギラギラと目を光らせながら、自分のスラックスのベルトを外す。

「愛撫《あいぶ》などせずに、このまま犯してやる。痛いと泣いても許さない」

彼が自分のスラックスのファスナーを下ろしたのを見て、全身から血の気が引く。

……ああ、もうだめかもしれない……。

……僕は、このまま、この男に……？

「雅樹！」

僕の唇から、彼の名前が漏れる。

「嫌だ！　僕はあなただけのものなんだ、雅樹！」

叫ぶ僕の目尻を、涙が伝った。

……ああ、雅樹が助けに来てくれるわけがないのに……。

「雅樹！　雅樹！」

トントン！

ベッドルームの向こう、応接間のドアにノックの音が聞こえる。

「ルームサービスです」

微かな声が聞こえて、怜一さんが、ちっと舌を鳴らして動きを止める。

ゆり華さんが面倒くさそうに、

「何かの間違いじゃない？」

と言いながらドアを開けるのが聞こえて……。

「きゃっ！」

ゆり華さんの驚く声が聞こえ、続いて部屋を駆け抜けてくる足音が聞こえる。

……まさか……。

僕は祈るような気持ちで身をよじり、ドアの方を振り向いて……。

ドアが乱暴に開き、そして……。

「晶也！」

凛々《りり》しい声、僕は信じられない気持ちで目を見開く。

そこにいたのは、僕が待ち焦がれていた……。

「……雅樹……！」

雅樹はベッドに近づいてきて、怜一さんの襟首を摑んでベッドから引きずり下ろす。

怜一さんは少し怯えた顔をするけれど、開き直ったように、

「ゆり華は彼の家族から付き合いを公認されているし、私は晶也に莫大な財産と名声を与えることができる。あなたはどうなんだ？」

その言葉に雅樹は一瞬つらそうな顔をする。だけど、

「俺は晶也に俺の人生のすべてを与えることができる。彼を……誰にも渡さない」

「……雅樹……」

彼に嫌われてしまったのかと思っていた僕は、その言葉に涙を流してしまう。

「君たちには、親の財産以外に、何か誇れるものはあるのか？」

雅樹が怜一さんとゆり華さんの顔を見比べながら言う。

「何もないとしたら、君たちはただのわがままな子供でしかない」

厳しい声で言った雅樹の言葉に、二人は愕然とした顔をする。

……たぶん、この二人はこんなことを言われた経験が一度もないんだろうな。

「晶也にふさわしいのは、自分で努力をし、自分を高めようと苦しんでいる人間だけだ」

雅樹は二人を直っ直ぐに見つめて、

「君たちは晶也にはふさわしくない。もしもこれ以上、晶也を苦しめるようなら……俺が許さない」

二人は怯えきったような顔で、寝室を後ずさる。

「あきやに手を出すなんて、おまえら最低だ！」

「そうだぞ！」

いきなり響いた声に顔を上げると、そこには御堂さんと悠太郎が立っていた。

ゆり華さんと怜一さんはドアの方を振り返り、御堂さんを見てものすごく驚いた顔をする。

「あなたは喜多川御堂……喜多川家の人間が、どうしてここに？」

怜一さんの口から、かすれた声が漏れた。御堂さんは、

「おれは東京に来て仕事をしている。そしてここにいる晶也は、このおれが認めた、類《たぐ》いまれな才能を持つデザイナーなんだよ。おまえらなんかにさらわれてたまるか！」

ものすごく怒った顔をして、低い声で続ける。

「おまえたちのしたことは西大路家の恥、それだけじゃなく京都に住む旧家全体の恥だ。今から西大路家の当主を呼んでおまえたちを引き取ってもらう」

その言葉に、二人はさらに真っ青になる。

「どうか、それだけは……」

「御堂さん、お願いします！」

当主、という言葉がとても恐ろしいのか、二人は本気で怯えたように懇願する。

「許すわけないだろう？　自分たちがしてきたことをちゃんと自覚しろ！」

御堂さんはポケットから携帯電話を取り出しながら、僕を振り返る。

「京都から迎えが来るまで、こいつらは、おれと悠太郎でしっかり見張っておく。晶也は黒川雅樹と一緒に帰れ。二人がかりで襲われてショックだっただろう？」

「え？　あ……」

彼の気の毒そうな視線が、僕の胸元に落ちる。僕は慌ててシャツをかき合わせる。それから、ゆり華さんに外されてしまったリングを通したチェーンをサイドテーブルから取り、ポケットに入れた。

「行こう、晶也。……頼んだぞ、悠太郎、喜多川御堂」

悠太郎と御堂さんがうなずいて言う。

「わかってる。絶対に逃がさないからな」

「前から生意気だと思っていたんだ。朝まで苛めてやる」

＊

僕と雅樹は、天王洲にある彼の部屋に行った。

僕はリビングのソファに座り、窓の外をぼんやりと見ている。

窓の外にはうっすらと明るくなりかけた空。初めて彼の部屋に来た時もこんな夜明け、そしてこんな空だったな……と懐かしく思い出す。

薄紫色の空と消え残るビルの明かりが映るガラスに、キッチンでレモンを搾ってくれている雅樹の姿が重なって見える。

フワリと鼻腔をくすぐるレモンの香りに、心が痛むのを感じる。

……僕は、こんなに雅樹を愛している。

……なのに言葉が足りなかったせいで雅樹を苦しめ、もしかしたら永遠に彼を失ってしまっていたかもしれないんだ。

僕はポケットからリングを通されたチェーンを出し、それを見つめる。

……こんなに愛している彼を失って、生きていけるわけがないのに……。

とても凛々しい雅樹に比べて、ガラスに映っている僕はかなり情けない姿だ。チェーンは忘れずに持ってきたけれど、ネクタイはあの部屋に忘れてきてしまった。呆然としたまま雅樹に連れられて車に乗り込んだから、ボタンが三つも開けっ放しで。

開いた胸元から、ゆり華さんにベッタリと付けられた真っ赤な口紅の跡が覗いていることに気づく。僕はギクリとして思わず腰を浮かすけど……雅樹がトレイを持って戻ってきたことに気づいて腰を下ろす。

雅樹はトレイをローテーブルに置き、チェーンを握りしめた僕の指をそっと握る。そのまま僕の足元にひざまずき、真っ直ぐに見つめてくる。

「彼女にキスをされた時、どう思った？」

無理やりに押し付けられた豊かな胸の感触と、ベッタリとした唇の感じ。それが妙に鮮やかに蘇って、嫌悪感が込み上げてくる。

僕は、新鮮な空気を求めて小さく喘ぐ。

「僕は女性という存在を嫌っているわけではありません。大切にし、尊敬すべき対象だと思っています。だから、女性である彼女にこんなことを言うのは気が引けるのですが……」

僕は、深いため息にして、未だ湧《わ》き上がる嫌悪感を吐き出そうとする。

「……あんなことをされるのは、とても嫌だった……」

雅樹は手を伸ばし、僕の頭をそっと引き寄せる。

「……君は優しすぎる。そんな顔をしないで、嫌なものは嫌だと言っていいんだよ」

僕は、彼の逞《たくま》しい首筋に頬を寄せる。彼のコロンの香りに包まれるだけで、ホッとして身体が震えてくるのを感じる。

「……学生の頃に女の子に無理やりキスをされたことがあります。でも嬉しいどころかとても嫌でした。悠太郎はその子に興味がないからだって言ったけど……学生の頃からずっと、そのことで悩んできて……」

僕は、小さく震える指で、すがるように彼のデザインしてくれたリングを握りしめる。

「……ゆり華さんに無理やりのしかかられ、いきなりチェーンを外されて、あまりのことに呆然としました。そしていきなり胸元にキスをされて、嫌悪を感じました。もう少しで彼女を乱暴に振り払いそうだった。僕は……男として失格でしょうか？」

「晶也。君の女性を大切にしようとする心がけは、とても素晴らしいと思う。だが、相手の性別にかかわらず、関係を強要するのは暴力だ。暴力を嫌悪するのは当たり前だ」

「……でも……」

雅樹は僕の二の腕を支えて、その美しい漆黒の瞳で僕を見つめる。

「君は、あの二人から暴力を受けそうになった。だから素直に怒っていいんだよ。なんて失礼なやつらだろう、とね」

押し殺していた言葉をはっきりと言われて、僕の心臓がドクンと跳ね上がる。

「ため込まないで、言っていい。俺の前でなら、なんでも」

優しい目で見つめられて、僕の中の何かがフワリと溶けていくのを感じる。

「いったい何があったのか、最初から俺に話してごらん」

「……彼らと会ったのは、母さんと、母さんの友達の華世さんのイタズラみたいなものだったんです」

僕の唇から、かすれた声が漏れた。

「母さんにお店までエスコートをして欲しいと頼まれ、華世さんに引き止められて一緒に食事をすることになりました。だけど案内されたお座敷にはほかの人がいて……僕は席を間違えたのかと思って慌ててしまいました。そこにいたのが、ゆり華さんと怜一さんです。僕は、お見合いをしたつもりすらなかったんです」

「……そうだったのか」

雅樹の呆然とした声に、僕は深くうなずく。

「だって、あなたという運命の人がいるのに、自分からお見合いなんてするわけがありません」

雅樹は僕を見つめて動きを止め、それから深いため息をつく。

「……それを聞いて、本気で安心したよ……」

「すみません、あの……あなたに、心配をさせてしまいましたか？」

僕の言葉に、雅樹は苦笑して、

「当たり前だ。恋人が見合いをしたらどんな男でも心配するよ。……続けて」

「僕はお見合いしたつもりもなかったし、いちおう名刺は渡しましたが、二人にはもう二度と会うこともないだろうと思っていました。あんな大富豪の御曹司たちと僕ではなんの共通点もありませんし。だけど次の日、怜一さんから電話がかかってきました。銀座で迷ってしまったと」

僕はあの時のことを思い出してため息をつく。

「あの二人がガヴァエッツリ・ジョイエッロの銀座店に行きたいと言ったので、僕は彼らを銀座店まで案内しました。彼らは僕のチョーカーに興味を持ってくれて、素敵だって言ってくれて、それは嬉しかったんです。でも……」

「でも？」

「……毎日のように、あの二人に銀座店に呼び出されました。そしてあのチョーカーを買うようなそぶりを見せられて……そのうちに営業部長がお店に来て『あれが売れるようにきちんと接客しなさい』って言われました」

「そんなことを言ったのか？　営業部長が」

雅樹がとても怒った声で言い、あの男、次の会議で覚えていろよ、と呟《つぶや》く。

……うわ、すごい迫力……。

彼は僕が怯えた顔をしたのに気づいたのか、

「ああ、すまない。それから……？」

「部長に接客を頼まれたのと、あれが売れないとユーシン・ソンさんにトパーズのお金が返せないんだと思って……僕はあの二人の誘いを断ることができなくなったんです」

「そしてそのあげくに、今夜の事件か？」

雅樹の声に、僕は痛い想いでうなずく。

「もとはといえば、僕の態度がはっきりしなかったのがいけないんです」

「君は悪くない」

僕の言葉を、雅樹がはっきりと否定する。

「彼らは君の優しい性格をいいことに、君が断れなくなるようにと仕向けている。これは意図的なものだ」

雅樹は言い、厳しい顔で眉を顰める。

「事情もわからず、君につらく当たったりして悪かった。君をここから追い返してしまうなんて、ひどいことをした」

「……あ……」

あの時のことを思い出すと、今でも胸が痛む。

「あの時の俺は、君が見合いをし、相手の女性と結婚を前提とした付き合いをしているのだと思い込んでいた。……つらくて、つらくて、とても君の顔を見ていられなかった」

「……雅樹……」

「喜多川御堂が言っていた西大路家の当主が、あの二人にきつい罰を与えてくれることを祈ることにしよう。……君がもし疲れていなければ、明日まであそこで当主の到着を待ち、どんな罰が与えられるかを見届けてもよかったのだが」

「いえ、もう……」

僕は深い疲労を感じて、ため息をつく。

「肉体的にというよりは……なんだか、精神的に疲れ果てました」

「可哀想に」

雅樹は言って手を伸ばし、僕の頬をそっと指先で撫でる。

「君にこんな顔をさせるなんて、それだけで死に値する大罪だよ」

真面目《まじめ》くさった顔で言われた言葉に、僕は思わず小さく笑ってしまう。

「雅樹ったら……」

「さて。まだ問題がある」

雅樹は真面目な顔のまま、僕の胸元を見下ろしてくる。

「ホットレモネードを飲んで落ち着いたら、そのキスマークを消さなくては」

「口紅って油ですよね？　オリーブオイルとかでこすれば落ちるんでしょうか？」

僕が言うと、雅樹はセクシーな顔をして小さく笑う。

「俺が、綺麗に消してあげる。心配しなくてもいい」

囁いて、僕の手からリングとチェーンをそっと取り上げ、ローテーブルの上に置く。

「明日の朝までこれは着けさせないよ。いいね？」

漆黒の瞳で見つめられ、鼓動が速くなる。

……ああ……今夜、彼が僕に何をするかを考えるだけで……身体が蕩《とろ》けてしまいそうだ。

＊

「……あ、ダメ……！」

唇から漏れた喘ぎが、湯気の中で驚くほど大きく反響する。

「……あ……んん……」

僕は真っ赤になって唇を噛むけど、引き寄せられ、舌を入れる深いキスをされて……思わずそれに応《こた》えてしまう。

僕と雅樹は、彼の部屋のバスルームにいた。

電気が消されたままの、広いバスルーム。ほんの少しだけ明るくなってきた空が、微かな紫色の光で僕たちを照らしている。

僕は雅樹の手ですべての衣服を剝ぎ取られ、バスタブの縁に座らされている。

だけど雅樹は、袖を捲《まく》り上げたワイシャツとスラックスという格好で、僕の足元にひざまずいている。

彼の目の前にすべてをさらしている感覚は、なんだかますます僕を恥ずかしくさせ……。

「こんなに美しい肌を……」

キスを繰り返しながら、雅樹の手が、泡だらけになった僕の胸元をそっとこすっている。

「……他人に見られてしまったなんて」

「……んん……っ！」

ヌル、と滑る指先が乳首の先端に触れ、僕は小さく喘いでしまう。

ゆり華さんがつけた口紅は、雅樹の手ですぐに綺麗に洗い流された。

だけど彼の手は、それだけでは勘弁してくれなくて。

「……どこに触れられた？」

雅樹が、僕の顔を真っ直ぐに見上げてくる。

「……あ……」

僕は迷うけど、漆黒の瞳に見つめられて、嘘がつけなくなる。

「……胸、に……」

「胸？　ここ？」

雅樹が囁いて手を滑らせ、泡の下で僕の乳首を探り当てる。

「……あぁ……はい……」

「どんなふうに触れられた？　こんなふう？」

「……ああっ！」

指先でキュッと揉《も》み込まれて、僕の腰がヒクリと揺れてしまう。

「……ん、くふ……っ」

「もう腰を揺らしている。さっきも、こんなふうに感じたのか？」

乳首を愛撫しながら囁かれた雅樹の言葉に、僕は激しくかぶりを振る。

「……あなたじゃないのに、感じるわけがないです……っ」

雅樹はふいに手を止めて僕を見つめ、それから深いため息をつく。

「苛めて悪かった。俺は……まだ怒りが収まっていないようだ」

「それは……」

僕の声が、怯えにかすれてしまう。

「……彼らに簡単に襲われて、あなたの仕事の邪魔をしてしまった僕への怒りですか？」

そうだと言われたらどうしよう、と思いながら、僕は質問を口にする。

……だってこれは、雅樹が助けてくれた時からずっと気になっていたことで。

「仕事の邪魔？」

雅樹がとても驚いた顔で僕を見つめる。

「だって……あなたはコンテスト前の大切な時期ですよね。今週中にデザイン画を出さなくてはいけないだろうし……」

「俺は仕事が大切だ。ジュエリーの仕事は楽しいし、デザインすることは生きがいだと思っている。だが……」

彼の瞳が、僕を真っ直ぐに見つめる。

「俺は、君に人生のすべてを捧げる覚悟がある。さっきそう言ったのを、聞いていなかった？」

僕の心臓が、トクンと高鳴った。

「……聞いていました……」

「俺にとって、君よりも大切なことなどどこにもない。君が傷つけられる前に助け出せたことを俺は神に感謝している。仕事の邪魔だなどと、思うわけがないだろう？」

彼の真摯な言葉が、煌めきながら、僕の心にゆっくりと沈んでくる。

「……あ……」

彼の言葉をあたたかく内包した僕の心が、ツキン、と甘く痛んだ。

「愛している、晶也。君の心がまだ俺のものだということが何よりも嬉しい」

「僕が心変わりをするわけがありません。僕のすべては……あなたのものです」

僕の言葉に、雅樹はどこかが痛むかのような顔で微かに眉を寄せる。

「俺は、もともと穏やかな性格ではない。さらに君のこととなると、感情をコントロールできない。……この性格のせいで君に愛想をつかされたのかと思って、自己嫌悪で死にそうだった」

あまりにも意外な雅樹の言葉に、僕は驚いてしまう。

彼の瞳に浮かぶ苦しげな色を見るだけで、僕の心までが壊れそうに痛む。

「俺は、同性であり、部下である君に恋をしてしまった。そして君の本当の幸せを顧みずに、欲望のままに君を抱いてしまった男だ。もし俺が告白をしなければ、君は今頃誰か女性と恋をして、普通の幸せを……」

「……いいえ」

僕は、彼を真っ直ぐに見つめたまま、その言葉を遮る。

「あなたに出会うまで、僕は恋というものを知りませんでした。誰に対しても熱い想いを抱けない自分は、きっと心の冷たい人間なんだと思ってきました。でもあなたは、こんな僕に愛していると告白してくれた」

雅樹の漆黒の瞳が、僕を見返してくれる。

「僕の運命の人はあなただけです。あなたといないのに、幸せなわけがありません。もしもあなたが僕に告白をしてくれなければ、僕は今頃、まだ恋というものを知らずに生きていたはずです」

「……晶也……」

「僕は心からあなたを尊敬しています。僕の方こそ、忙しいあなたの仕事の邪魔したりして、ダメな恋人だなって。だから嫌われたんじゃないかって……」

僕の身体を、雅樹の逞しい腕がしっかりと抱きしめる。

「心から愛している。君を嫌いになれるわけがない」

びしょ濡れの僕を抱きしめているから、彼のシャツもスラックスも、水を含んでしっとりと湿ってしまっている。

逞しい身体の感触をリアルに感じて、僕の身体の中の欲望が、ゆっくりと頭をもたげてしまう。

「……雅樹……」

彼の肩に頬を擦り寄せながら、僕は囁く。

「……熱い……」

「暑い？　湯気の中でイジワルをしすぎた？」

雅樹が驚いたように言い、僕の顔を覗き込む。

「そうじゃなくて……」

僕は、恥ずかしさに真っ赤になりながら言う。

「……こんなふうに抱き合っていると……身体が熱くなってきてしまって……」

僕の言葉に、雅樹が安心したように笑う。そして、一糸まとわぬ姿の僕を、その逞しい腕に抱き上げる。

「それならベッドに行こう」

囁いて、唇にキス。

「もっと、熱くなってしまうかもしれないけれど」

……ああ、二人で、もっと熱くなりたい……。

# MASAKI　5

ブルル、ブルル！

ベッドの脇に置かれた晶也の鞄の中から、携帯電話が振動する音が聞こえてくる。

「……ン……」

俺の胸の中で天使のような顔をして眠っていた晶也が、小さく呻《うめ》いて身じろぎをする。

「……あ……電話。僕のでしょうか……？」

昨夜の喘ぎの名残をとどめる、色っぽいかすれ声。晶也は寝惚《ねぼ》けた顔のまま、ベッドの下に手を伸ばそうとする。

その華奢な手首を、俺はそっと握りしめる。

「まさか、出るつもりじゃないだろうね？　裸のまま、恋人の腕の中にいるのに？」

晶也は一糸まとわぬ姿で寝てしまったことを思い出したのか、カアッと頬を赤くする。

「あ……そういえば、昨夜はお風呂から上がって、そのまま……」

「そして、三度目の途中で、君は眠ってしまった」

「……ああっ！」

晶也はさらに詳しいことを思い出したのか、もっと頬を赤くする。

「……だって、あんなすごいのを二回もされて……もうヘトヘトで……あぁ……っ」

囁いて首筋にキスをすると、彼の唇からとても色っぽいかすれた声が漏れる。

「声が甘いよ。もしかして、昨夜の続きに突入してもオーケーかな？」

「……ん……ダメです、電話に出ないと……あぁ……っ」

「もういい加減あきらめるだろう」

俺が言って滑らかな背中に手のひらを滑らせた時……晶也の電話の着信音が途切れた。

「ホントですね」

晶也は苦笑して目を閉じ、俺はその柔らかな唇を奪うためにゆっくりと顔を近づけ……。

ブルルルル、ブルルルル！

今度は別の方向から、電話の振動する音が聞こえてくる。

俺と晶也は、至近距離で顔を見合わせ……それから揃ってため息をつく。

「あきらめてくれそうにない。しかも両方の電話番号を知っているということは……」

「会社の関係者ですね。……どうぞ、出てください」

晶也は言うが、その口調は甘さの余韻を含み、少しだけ名残惜しげだ。

それに気づいた俺は、彼の可愛らしさに思わず微笑んでしまう。少しだけ拗ねた顔をしている彼の唇に、チュッとキスをする。

「……ん……っ」

「すぐ切り上げるよ。すぐに続きをするから、少しだけ待っていてくれ」

俺は言ってベッドの下に手を伸ばし、鞄の中から携帯電話を取り出す。ため息をついてからフリップを開け、通話ボタンを押す。

「はい」

長電話をされないように、できるだけ不機嫌な声で答えてやる。

『黒川雅樹？　喜多川御堂だけど』

電話の向こうの声は、喜多川御堂だった。

『もしかして晶也も一緒？　さっき電話したんだけど……』

「もちろんずっと一緒だ。晶也は裸でまだ寝惚けている」

俺がいかにも迷惑そうに答えると、晶也は隣で真っ赤になり、喜多川御堂はあきれたようにため息をつく。

『あのなあ。一番のお気に入りデザイナーである晶也とそんなにイチャイチャされると、ちょっと妬けちゃうんだけど？』

「晶也は俺の恋人だ。君が嫉妬する必要はない。……なんの用だ？」

『デザインのセンスは最高だけど、性格的にはサイアクだよね、あなたって』

喜多川御堂はアントニオのようなことを言い、それから、

『……って、無駄話をしている暇はないんだ。今から帝都ホテルに来てくれないか？』

「なんだと？」

あまりに図々しい言葉に、俺は思わず聞き返す。

「晶也とベッドの中だと言っただろう？　月曜の朝まで部屋から出る予定はない。切るぞ」

『ちょっと待てよ。別に遊びに付き合わせようっていうんじゃなくて……西大路家の当主がもうすぐ到着するんだよ』

「だから挨拶に来いと？　いったい何様のつもりだ？」

俺の声が低くなり、晶也が怯えた顔をする。喜多川御堂は俺の反応を面白がるような声で、

『というより、当主がどうしても晶也にお詫びがしたいと言ってる。あの人はやると言ったらやる。ラヴラヴしてる愛の巣に踏み込まれたら迷惑だろ？』

「それはもちろん、とんでもなく迷惑だ。だからといって昨夜の事件で疲れている晶也を呼び出されるのはもっと迷惑だ。どうしても詫びがしたければ書面か電話ですませればいいだろう」

『あの事件が強烈で、忘れてるのかもしれないけど……』

喜多川御堂の声がふいに真剣になる。

『……あの二人の叔母は、西大路華世さんは、晶也の母上の昔からのご友人なんだろ？』

その言葉に、ドキリとする。

……たしかにそうだった……。

『西大路家の当主は、晶也だけでなくあなたにも会いたいと言ってる。お詫びというよりは今後の打ち合わせだろうな。西大路家は兄妹の不始末、そして晶也は上司であるあなたとの恋人関係。どちらも秘密にしたいだろう？』

その言葉に、俺はため息をつく。

「少し待ってくれ。……晶也」

「はい」

起き上がり、俺を心配そうな顔で見守っていた晶也はベッドの上で姿勢を正す。

「西大路家の当主が帝都ホテルに来るらしい。君と私に詫びを言いたいと言っている。それから今後のことに関しても話し合いたいらしい」

俺の言葉に、晶也はすぐになんのことかを察したらしい。何かを深く考えるような顔をして、

「僕はあの時『雅樹を愛している』と言ってしまいました。あの兄妹のしたことを他の人に言わない代わりに……僕も雅樹とのことを他人には秘密にしてもらいたいです」

「実際に話した方が安心するのなら、一緒に帝都ホテルに行って西大路家の当主と会う？」

晶也はとても緊張した顔で頬をこわばらせ……それから何かに気づいたようにハッとする。

「西大路家の当主というと……あの『大路珊瑚』の社長ですよね？」

「『大路珊瑚』？　西大路家の当主は、あの会社の社長なのか？」

俺が聞くと、電話の向こうの喜多川御堂が、

『よく知ってるじゃないか。たしかにあそこの社長だよ。あそこの倉庫にはかなりすごいものが眠っているから、おれも和物を作る時には……あっ』

言いかけ、いきなり驚いた声を上げる。晶也が送話口に口を近づけて言う。

「帝都ホテルに行きます。『大路珊瑚』の社長にぜひお会いしたいですから」

『わかった。それならセッティングさせてもらう。何時頃になら着ける？』

「すぐに準備してうかがいます！」

晶也は送話口に向かって言い、裸の身体にシーツを巻き付け、すばやくロフトから下り……ようとするが、そのままベッドの足元にふわりと座り込んでしまう。

「ああっ」

座り込んだ晶也が、頬を恥ずかしそうに染めて呟く。

「……脚に全然力が入らない、かも……」

ほっそりした身体に純白のシーツを巻き付け、広がった裾の中に座り込んだ晶也は……まるで初夜の花嫁のように初々しい。

「すぐには行けない。昨夜の余韻で、晶也がまだ歩けない」

『はあっ？　なんだそれは？』

俺は、ベッドサイドの時計を確認しながら言う。

「今は八時か。……十二時に行く。それまで待っているように伝えてくれ。呼び出すのだから、それくらいのことはしてもいいだろう」

言って通話を切る。電話をサイドテーブルに置き、座り込んでいる晶也に手を差し伸べる。

「どうしたの？　腰が抜けた？」

晶也はさらに赤くなって、長い睫毛《まつげ》を恥ずかしそうに瞬《しばたた》かせる。

「……だって、あなたがあんなにたくさんイかせるから……」

その可愛らしさに俺は思わず笑ってしまう。彼の両脇に手を入れて床から抱き上げ、ベッドに座らせてやる。

「日比谷《ひびや》なら車で二十分もあれば着く。シャワーを浴びて、食事をして、服を着る時間を差し引いても……まだ少し時間がありそうだが？」

「も、もうダメです！　本当に歩けなくなっちゃう！」

真っ赤になって叫ぶ晶也は、本当に可愛らしい。

「わかったよ。では、おはようのキスを」

言うと、晶也は頬を色っぽく染めたまま、俺を見つめる。

「……ええと……」

「昨夜、俺を置いて寝てしまったお仕置きだ。……君からだよ、篠原くん」

「……あ……」

彼は恥ずかしそうに瞬きを速くし、ベッドの上に膝立ちになって、俺の両肩にほっそりとした両手を載せる。

長い睫毛をそっと閉じ、そしてゆっくりと顔を近づけてくる。

チュッ。

ほんのかすめるようなキスの後、可愛い音を立てて彼の唇が離れていく。

それだけで真っ赤になってしまう彼が、本当に愛おしい。

俺は彼の柔らかな髪に指を埋め、その小さな頭をそっと引き寄せる。

そして、俺からのお返しのキス。

「……んん……」

それだけで甘い声を上げる晶也は……本当に可愛らしい。

「さて」

俺は名残惜しい気持ちを抑えて、軽いキスだけで唇を離す。

「……あ……」

寂しそうな声を上げる彼の唇に、仕上げの軽いキスをして、

「そんな悩ましい顔をしないでくれ。……このままキスをしていたら、約束など忘れて、際

限なく抱いてしまいそうだ」

囁くと、彼は恥ずかしげに頬を染めて……。

キュウウ。

晶也のお腹が、可愛らしい音を上げた。

「うわっ！」

晶也は、さらに真っ赤になって自分のお腹を押さえる。

「もしかしたらお腹が空いている？」

俺が聞くと、彼は恥ずかしそうにうなずいて、

「実は。昨夜から何も食べてないうえに、すごく運動してしまったから……」

「それなら体力を奪ってしまった責任をとらせてもらうよ。朝食のリクエストをどうぞ」

晶也は嬉しそうに目を輝かせて、

「生ハムと野菜のサンドイッチが食べたいです！　パンはライ麦がたくさん入ったやつで……あとブラッドオレンジのジュース！」

子供のように無邪気に、最近のお気に入りのメニューを言われて、俺は笑いながらうなずく。

「わかった。君がいつ泊まりに来てくれてもいいように、材料は用意してある。……すぐに用意するから少し待っていて」

俺はバスローブを羽織り、ベッドから立ち上がる。

「僕も手伝いますから……うわ……っ」

晶也はシーツを身体に巻きつけてベッドから立ち……シーツの端に躓いて転びそうになる。

「慌てないで。まだ脚に力が入らないんだろう？」

俺は腕を伸ばして彼の身体を支え、そのまま腕に抱き上げる。身体に巻きつけたシーツの端が長く垂れ下がり……今度は人魚の尾のように見える。

「……セックスの次の朝の君は、本当に人魚姫のようだ」

俺は真っ赤になった彼にもう一度キスをして、彼を抱いてロフトからの階段を下りる。

……ああ、彼とともにいられる時間は、俺にとってこんなにも幸せだ。

# AKIYA 6

「あきや、こっちこっち！」

ホテルの廊下で、悠太郎が僕らを手招きしている。部屋から出てきた御堂さんが、腕組みをして僕の様子を上から下まで眺め回す。

「ふう〜ん」

彼らには、雅樹に抱かれていたことを知られてるんだよね、と思ったら頬が熱くなる。

「何が言いたいのかな？」

雅樹の声に、御堂さんは肩をすくめて、

「昨夜まであんなにボロボロだった晶也が……今日は肌はツルツル、髪はツヤツヤ、頬は桜色で、表情は蕩けそうに色っぽい。黒川雅樹効果というのはすごいんだなと思ってね」

その言葉に、僕はさらに真っ赤になってしまう。

……御堂さんったら……。

西大路家の当主から指定されたのは、昨夜僕が襲われた場所とは違うナンバーの部屋だった。あの時と同じ乱れたシーツを見るのは嫌だな、と思っていた僕は、その配慮に感謝する。

「西大路家の当主はもう来てる。覚悟はいいか？」

御堂さんの言葉に、僕は思わず唾《つば》を飲み込んでしまう。

……そうだ、僕と雅樹の関係のことだけじゃなくて、彼にはもう一つ用事がある。

……ここでビビッてる場合じゃない……んだけど……。

あの強烈な兄妹を輩出した西大路一族の当主って聞いているから……やっぱりめちゃくちゃ緊張してしまう。

「またそんな顔をする。君は被害者だ。怯えることなどない」

雅樹の声に、僕はハッと我に返る。

「俺が一緒だ。大丈夫だよ」

彼の優しい声と愛おしげな視線に、僕の中の緊張がゆっくりと解ける気がする。

「はい」

雅樹の手が、そっと僕の肩を抱いてくれる。そのあたたかさに励まされながら、僕は御堂さんと悠太郎の後について部屋に入る。そこは、昨夜の部屋よりももっと広い場所だった。

「あの部屋が帝都ホテルの最高ランクだと聞いてたけど、もっとすごい部屋があるんだな」

御堂さんが感心した声で呟く。

そのリビングは、まるでパーティーを開けそうに広い場所だった。趣味のいい深い煉瓦色《れんがいろ》の絨毯《じゅうたん》とカーテン、品よく配置されたアンティークらしい重厚な家具、そして奥には大きなソファがあって……。

そこに座っていた男性が、僕らの姿を認めてそこから立ち上がる。

大富豪の当主と聞いていたから、どんな高齢の人かと思ったら……意外にも彼は、雅樹と同じくらいの年齢の人だった。

きちんと整えた黒い髪と、漆黒の瞳。モデル並みのスタイルで着こなしているのは、仕立ても趣味もいい、ダブルのスーツ。

彼は落ち着いた感じの、そして雅樹やガヴァエッリ・チーフとも張れそうな……ものすごいハンサムだった。

「わざわざご足労くださって、ありがとうございます」

彼が、顔に似合った低い美声で言う。

「西大路嘉朋《よしとも》といいます。西大路家の現当主を務めております」

彼が話しているのは、完璧な発音の標準語だった。関東人の僕らに合わせてくれているその感じが、彼がただの大富豪ではなくて百戦錬磨のビジネスマンであることを示している気がする。

「事情は、御堂くんと悠太郎くんから聞かせてもらいました」

僕らがソファの向かい側に座ると、彼が入れ替わるように立ち上がる。驚いている僕らに向かって、いきなり頭を下げる。

「うちの人間がご迷惑をおかけして、本当に申し訳ありませんでした」

威厳に満ちた彼の、だけどあまりにも深いお辞儀に、僕は面喰らってしまう。

「あの、頭を上げてください。結局はなんにもなかったし、僕にも落ち度はあるわけですし」

僕が慌てて言うと、彼はゆっくりと頭を上げ、同じようにゆっくりとソファに座り直す。

それから僕を真っ直ぐに見つめて、

「あなたのような人に危害を加えようとしたことは、許されることではありません」

彼の瞳の中にある激しい怒りに、僕は気づく。

「いえ、でも、結局は何をされたわけでもないんですから……」

「縛られて押し倒されてたじゃないか！　しかも写真を撮られたんだろ？」

悠太郎が、怒った声で言う。

「男と男の場合はどんな罪になるのかよくわからないけど……脅迫したことは確実だし！」

その言葉に、西大路嘉朋さんは秀麗な眉を苦しげに寄せる。

「もしあの二人を警察に訴えるのでしたら、私たちはいくらでもご協力します」

「待ってください。僕たちはそんなことを要求するために来たわけではありません」

僕の言葉に、西大路嘉朋さんは僕を深い瞳で真っ直ぐに見つめる。

「では、あなたの要求をおっしゃってください」

「彼らを訴えるようなことはしません。西大路家の名前に傷をつけないように、彼らがしたことはもう忘れます。その代わり……彼らが撮った写真のデータを消去して欲しいんです。それから、僕と彼がゲイの恋人同士であることを、口外しないで欲しいんです」

僕は一気に言い、彼の反応を待つ。

彼はゆっくりとうなずき、上着のポケットから見覚えのある小型のデジカメを取り出す。

「彼らがあなたの写真を撮ったのは、これですね」

それを見ただけで、あの時のことが鮮明に思い出されて……身体に微かな震えが走る。

「そ……そうです」

「では、このデジタルカメラごと、あなたに差し上げます。あなたの手で、すべてのデータを消去してください」

彼にデジカメを渡されて、僕は操作方法が解らずに戸惑う。雅樹が僕の手からそっとそれを取り上げ、入っていたデータをすべて消去してくれる。

「あなたのプライバシーに関しては、絶対に沈黙を守ることを誓います。あの二人には、きつい罰を与えることになるでしょう。……あなたのような人に迷惑をかけたことは、西大路の恥だ」

彼の口調には、厳しい正義感のようなものが察せられた。

……彼に任せれば、きっともう大丈夫だよね？

雅樹を見ると、彼は僕に向かってうなずいてくれる。

「ありがとうございます。これでもう、昨夜のことはすべて忘れることにします」

僕が言うと、彼は深くうなずいて、

「ありがとうございます。本当に感謝します」

僕だけでなく、雅樹と悠太郎、御堂さんに視線を送りながら言う。

「……ご面倒をおかけして、本当に申し訳ありませんでした」

「あの兄妹に関しては、京都にいるうちの喜多川一族にも注意するように頼んでおく。これでとりあえず、一件落着かな？」

御堂さんがちょっとホッとしたように言う。知り合いの起こしたことだから、彼も心配だったろう。それから僕に向かって、

「晶也、もしかして言いたいことがあるんじゃないのか？」

彼の言葉に、僕はうなずく。そう、僕にはもう一つ用事があって……。

「あの……その件とは別に、あなたに一つお願いがあるんです」

僕が身を乗り出して言った言葉に、雅樹と悠太郎が驚いたように振り返る。西大路嘉朋さんは、

「なんなりとおっしゃってください。あなたのためならどんなことでもします」

「ありがとうございます。あの……あなたは西大路家の当主というだけでなく、あの『大路珊瑚』の社長も務めていらっしゃるんですよね？」

彼は、僕の言葉に驚いたように目を見開き、それからうなずく。

「よくご存知ですね。御堂くんから聞きましたか？」

「そうです。それで、あの……」

僕は少し迷ってから、思い切って言う。

「『大路珊瑚』の金庫にある半貴石を見せていただきたいんです」

「ええっ？」

悠太郎の驚いた声が、部屋に響いた。

西大路嘉朋さんは動じることなく、その視線を僕から雅樹の方に移す。

「失礼ながら……業界紙で見て、あなたのお顔と名前を存じ上げております。ガヴァエッリ・ジョイエッロのジュエリーデザイナー、黒川雅樹さんですね？」

雅樹は真っ直ぐに彼の視線を受け止め、彼を見返す。

「おっしゃるとおりです」

西大路嘉朋さんは、視線を僕に移して、

「そのお申し出は……黒川雅樹さんが『セミプレシャスストーン・デザイン・コンテスト』の世界大会に応募なさることと何か関係が？」

「はい。彼はイマジネーションを刺激してくれる半貴石を探しています。もしかしたら余計なお世話かもしれないけれど……彼の仕事の何か参考になればと……」

「晶也」

雅樹が優しい目をして、横にいる僕を見つめてくれる。

「どうもありがとう。君の気持ちは嬉しいよ。だが『大路珊瑚』さんにも防犯上の都合があり、企業秘密というものがある。それは無理だ」

「いいえ」

雅樹の言葉を、西大路嘉朋さんが遮った。

「そんなことでよろしければ、いくらでも」

彼の言葉に、今度は雅樹が驚く番だった。

「本当ですか？」

「もちろんです。普段なら金庫に入っていただくことは無理ですが、みなさんは西大路の名前を守ってくださった恩人です。喜んでご招待しますよ。……ただ、うちの本社は京都なのですが」

「それなら大丈夫！」

悠太郎が、勢い込んで言う。

「うちには京都の紅葉に興味津々の副社長がいる！　彼に頼めば往復の電車賃とホテル代く

らいは経費で落とせると思う！」

「交通費と宿泊費のことはご心配なさらないでください」

西大路嘉朋さんが、身を乗り出して言う。

「西大路一族が所有する自家用ジェットがありますし、うちの系列の旅館でよければいくらでもご用意させていただきますので」

……そうだ、この一族はただのお金持ちじゃなくて、大富豪だったんだ……。

「このままでは、京都の人間を誤解したままになってしまうかもしれない。お時間がとれたらぜひ京都にいらしてください。『大路珊瑚』の金庫にはいつでもご案内しますし、お詫びの一席も用意させていただきますので」

彼は、あの二人をつれて京都に帰っていった。

僕らはさっそくガヴァエッリ・チーフと合流し、京都への旅行を計画し……。

＊

そして、次の週末。

僕と雅樹と御堂さん、そして悠太郎とガヴァエッリ・チーフは、早速京都にやって来ていた。

「……すっごい」

西大路嘉朋さんは約束どおり『大路珊瑚』の大きな金庫に僕らを入れてくれて、自ら案内をしてくれていた。

事務所になっているらしい大きな日本家屋の庭に、いくつもの大きな土蔵があった。内側に案内されると、古めかしい外見に似合わず、そこが最新の警備装置が配された厳重な金庫であることが解る。

土蔵の中には数え切れないほどの棚があり、西大路さんはそこから桐の箱を取り出してきては僕らの前でそれを開けてくれている。

僕らが座っているのは、土蔵の一つに作られた和室だ。新しい畳の緑がとてもすがすがしい。艶《つや》のある美しい床柱。珊瑚が描かれた掛け軸と、野の花の生けられた一輪挿し。ふわりと漂うお香の香りに、うっとりしてしまいそう。

畳の上に並べられた黒塗りのお膳の上には、それぞれ、さまざまな色の珊瑚、トルマリン、トパーズやクンツァイト、アクアマリンなどの入った桐の箱が並んでいる。それはとんでもなく美しい半貴石ばかりだったけれど……雅樹は首を横に振り続けた。

「あなたの一族がお持ちになっている珊瑚の中で、最高のものを見せてください」

雅樹の言葉に西大路さんは驚いたように目を見開き、それから苦笑する。

「わかりました。一流のデザイナーさんはとても鼻が利くようだ」

彼は言って和室を出ると、土蔵の二階に続くらしい階段の方に消えていった。

「ここに出てきただけでも、とんでもない価値のある品だと思うんだけど……」

御堂さんが、お膳の上に置かれた数々の石を見渡しながら言う。

「……それでもまだ満足しないのか、黒川雅樹は？」

「デザイナーにデザイン画を描かせるのはインスピレーションだ。いくら高価な石だとしても、見ただけでインスピレーションが湧かないのならば仕方がない」

ガヴァエッリ・チーフが言い、僕と悠太郎は思わず顔を見合わせる。

「こんな綺麗なトルマリンを使える依頼が来たら、オレなんか小躍りしちゃうけど」

悠太郎は、まるで南国の海のような澄んだブルーグリーンをしたパライバトルマリンを見下ろしながら言う。僕もその隣に置かれた、美しく淡いライラックのクンツァイトに目を奪われながら、

「これなんかも、すごく綺麗です。ペアシェイプのダイヤと組み合わせてペンダントにしたらすごく素敵だろうなあ」

「お待たせいたしました」

部屋に入ってきたのは西大路さんだけではなく、黒の絣《かすり》の着物を着た男性が一緒だった。彼らは二人がかりで一メートル四方はありそうな大きな桐の箱を持っていた。

「なんですか、それ？　もしかして一メートルはある大きな石？」

悠太郎の言葉に、ガヴァエッツリ・チーフが笑う。

「珊瑚と言っただろう？」

僕はその言葉に思わず身を乗り出す。

「こんなに大きいということは……枝のままの珊瑚ということですか？」

「ええ。これが西大路一族が所有する最高の珊瑚です」

二人は箱を緋毛氈《ひもうせん》の上に下ろし、縛ってあった組紐を丁寧に解く。そして被《かぶ》せる形になっていたその蓋《ふた》を持ち上げて……。

僕はそこにあったものを見て、思わず息をのんだ。

そこには見たこともないような、立派な桃色珊瑚の原木が煌めいていたんだ。

「……すご……い……」

隣にいた悠太郎が、ため息交じりの声で言う。

少しの斑《ふ》すらない、蕩けそうな珊瑚色。艶々としたその肌はまるで濡れているかのように煌めき、美しいのを通り越して、どこかセクシーな気さえしてきて……。

「この素晴らしい珊瑚を……」

雅樹が珊瑚を見つめたままで言う。

「ガヴァエッツリ・ジョイエッロに譲っていただけませんか？」

雅樹の横顔は厳しい一流デザイナーのもので、僕はその凜々しさに目を奪われてしまう。

……彼の頭の中には、きっと素晴らしいデザインが浮かんでいる。

……それを具現化できたら、どんなに素敵だろう……？

……だけど……？

「この珊瑚は、西大路家の宝なのです。簡単にお譲りすることはできません」

西大路さんが言うけれど、雅樹は彼を真っ直ぐに見つめて、

「それはわかっています。わかっていて、お願いしています」

西大路さんは愛おしげな顔で珊瑚を見つめ……それからふいに僕を見る。

「君の名前にもずっと聞き覚えがあると思っていたのですが、やっと思い出しました。『セミプレシャスストーン・デザイン・コンテスト』で佳作を獲ったあのインペリアル・トパーズのチョーカーをデザインしたのは、君だったのですね、篠原晶也くん？」

西大路さんの言葉に、僕は慌ててうなずく。

「はい。そうです」

「チョーカーの現物は？」

「今はガヴァエッリ・ジョイエッロ銀座店のウインドウに飾ってありますが……」

「業界新聞であのチョーカーの写真を見ました。銀座にあったのなら、一目見たかったですね」

彼は言い、それから僕を真っ直ぐに見つめて言う。

「あのチョーカーにはめられた中石のインペリアル・トパーズは、あの宝石王のユーシン・ソンの手元にあったものだという噂がありますが、それは本当ですか？」

「ええと……？」

言ってもいいのかな、という意味でガヴァエッリ・チーフをチラリと見ると、彼はうなずいてくれる。

「ええ、いちおう。でも、どうしてそんなことを……？」

僕が聞くと、彼はふいに苦笑して、

「あれほどの宝石を所有している人間は、そうはいない。受賞したチョーカーの写真を見、それからその噂を聞いた時……私はユーシン・ソンに嫉妬してしまったんですよ。自分の所蔵していた宝石を、あれほど素晴らしいデザインにセットできたとしたら、どんなに幸せだろうと」

彼は美しい珊瑚に目を移しながら、

「完全な形をしたこの珊瑚の枝を切ることなど、今まで考えたこともなかった。しかしこのままではこの美しい珊瑚はただの飾り物だ。そして西大路は飾り物を扱う一族ではないのです」

彼は真剣な顔になって言い、雅樹の方に視線を移す。

「私たち一族の宝であるこの珊瑚を、飾り物ではなく、素晴らしい宝飾品として世に出していただけますか？」

彼の言葉に、雅樹はゆっくりとうなずいた。

「俺の手で、この珊瑚を世界一有名な宝飾品にします」

西大路さんの端麗な顔に、満足げな笑みが浮かんだ。

「この一部をあなたにお譲りします。デザイン画が出来上がったら、うちの職人に渡してください。それに合った場所を選び、デザイン画どおりの大きさに切断し、加工します」

「ありがとうございます。必ずこの珊瑚の価値に見合ったデザイン画を、頑張って描かせていただきます」

雅樹が正座したまま、深く頭を下げる。

その姿は凛々しく、まるで武士みたいに端正で……僕はまた見とれてしまったんだ。

ガヴァエッリ・チーフの承諾を得て、取引はその場で行われた。正式な値段の計算は加工してからということになったけれど、美しい手すき和紙に筆で書かれた契約書にサインをするガヴァエッリ・チーフを見ていたら、実感が湧いてきて、なんだかちょっと感動してしまった。

「構想が湧いてきた。いいものができそうだよ」

自信満々に笑ってくれた雅樹の顔を見て……僕は心からホッとしていたんだ。

「……今頃になって、お酒が回ってきたみたい……」

＊

西大路嘉朋さんが紹介してくれた日本旅館に、僕らはチェックインした。一見さんお断りのその宿は、京都の伝統的な町家を改造したもので、ひなびた感じがすごく素敵だ。

あの後、西大路さんが連れていってくれたのは、こちらも一見さんお断りのお茶屋さんだった。

三味線の音色に合わせて美しい舞妓さんや芸妓さんが優雅に舞い、僕らはそれを見ながらとても美味《おい》しい日本酒に酔った。

窓の外、ライトアップされていたのは美しい紅葉。

秋の風の中に流れる、幽玄な調べ。

素晴らしい日本の文化に触れることができて、ガヴァエッリ・チーフはもちろん、僕らもすごく感動したんだ。

僕らが宿泊するために用意してあったのは、リビングにあたる十五畳の和室のほかに、寝室になる十畳の和室が二つついた、洋風に言えばスイートの部屋だった。

町家の特徴として、お風呂は部屋に併設されていない。綺麗に磨かれた廊下の向こうに、立派な檜《ひのき》風呂のある浴室が二つあって、それを使うようになっているらしい。

もともとこぢんまりした宿みたいだけど、その日は、西大路嘉朋さんの計らいでほかのお客さんは宿泊していないらしかった。夜中の十二時を過ぎると女将《おかみ》や板前さんは隣にある別の町家に帰ってしまうというから、まさに貸し切り状態だ。

リビングにあたる広々した和室、フカフカの座布団が置かれた座椅子に座りながら、僕は両手で頬を押さえる。

「……なんだか、顔が熱いかも……日本酒、本当に美味しかったから……」

「あきや、色っぽい！　ほっぺが桜色だよ！」

「こんな姿で君に気のある男の前にいるのは、たしかに危険だ。あの西大路とかいう男や、もしくは……」

ガヴァエッリ・チーフが可笑《おか》しそうな顔をして、雅樹をチラリと見る。

「……そこにいる、発情した野獣とか？」

「よくおわかりのようですね」

雅樹が、開き直ったように言う。

「それなら、さっさと出ていっていただきたいのですが？」

その言葉に、悠太郎とガヴァエッリ・チーフは可笑しそうに笑う。

「こっわ〜い！　さっさと退散しよう、ガヴァエッリ・チーフ！」

「そうだな、我々も甘い夜を楽しもうじゃないか。……幸い、こんなに色っぽい宿に泊まれたことだし？」

ガヴァエッリ・チーフのセクシーな流し目に、悠太郎が頬をちょっと赤くする。

「何言ってるんだよ、もう！　こんな日本家屋にいるんだから、朝まで怪談に決まってるだろ？」

「君は、フィレンツェのホテルでもそんなことを言っていたじゃないか！」

ガヴァエッリ・チーフが、なんだか情けない声で言う。

「そして本当に夜が明けるまでカイダンを……」

「あれは西洋の怪談だっただろ？　今度はトラディショナルな日本の怪談だよっ！」

悠太郎が、ガヴァエッリ・チーフの着物の袖を引っ張って外に出ようとする。それからふいに振り返って、

「あ、そうだ、あきや。そこにある紙袋、別行動した時のおみやげだよ」

「おみやげ？」

僕が言うと、二人は顔を見合わせて可笑しそうに笑う。

「あきやにというよりは黒川チーフに、かな？」

「言っておくが、マサキ」

ガヴァエッリ・チーフは咳払《せきばら》いをし、わざと鹿爪《しかつめ》らしい声で言う。

「こういう日本家屋はとても風流だが、音はかなり筒抜けらしい。声には気をつけろ」

「そうそう。近所迷惑にならないように」

二人は可笑しそうに言って、襖《ふすま》を開けて出ていく。雅樹があきれた声で、

「……また何かイタズラを思いついたんだな、あの二人は」

「こうして見ると、あの二人、すごく気が合っていますよね。とってもお似合いな気がするんですけど……」

「……ほかの人間のことは、もう忘れた方がいい」

雅樹の低くひそめられた声に、僕はドキリとする。

「君は今、発情している男と一緒にいるんだよ？」

「……あ……っ」

雅樹は囁いて、そのまま僕をゆっくりと畳の上に押し倒し……。

ガサッ！

僕の背中の下で、紙袋が潰《つぶ》れる音がする。

「……わっ、二人からのおみやげ、潰しちゃったかも」

僕の声に、雅樹が慌てて僕の身体を起こしてくれる。

「大丈夫？　何か硬いものは入っていなかった？」

「大丈夫です。柔らかくて、なんだか布みたいな……」

僕は言いながら、二人がくれた紙袋を開けてみる。中に入っていたのはやっぱり布だった。

取り出して広げると……。

「浴衣？　かな？」

入っていたのは、見とれるほど美しい珊瑚色をした着物だった。よく見るとさらに淡い色で紅葉の模様が染め抜かれている。少しザラリとした絹地でとても高価そうなものだ。

「うわあ、綺麗な色。まさに桃色珊瑚の色、って感じですね」

「たしかに美しい色合いだ。アントニオと悠太郎のみやげにしては気が利いている」

「その言い方は二人は失礼じゃないですか？　……だけど」

僕はその珊瑚色の着物を広げながら、首を傾《かし》げる。

「男の僕にくれるにしては、この珊瑚色ってどうなんでしょう？　っていうか生地から見て着物の下に着る襦袢《じゅばん》なのかな？　でもそれにしても……」

「この淡い珊瑚色は、色の白い君にならとても似合うと思う」

雅樹は着物を持ち上げて、僕の肩にさらりと掛ける。

「せっかくもらったのだから、着てみたらどう？　どうせ俺も、宿の浴衣に着替えなくてはならないし」

「じゃあ、お風呂の後に着てみます。着付けは適当になりそうですが」

「それはお互いさまだ。……先に風呂を使ってくれ。もしとても酔っていてのぼせそうなら、今夜は風呂はやめた方がいいかもしれないが」

「大丈夫です。外を歩いたから、さっぱりしたいですし」

「それなら先に入ってくれ。内風呂なら、一緒に入れたんだが……」

セクシーな流し目をされて、僕は慌てて浴衣とタオルを持って立ち上がる。

「一緒に入ったら、それこそのぼせてしまいます！」

僕は一人で檜のお風呂を堪能し……それから、悠太郎たちがくれた浴衣に袖を通してみる。

もちろんちゃんとした着付けなんかできないから適当だけど。

……やっぱりこんな淡い色の浴衣は、男の僕には似合わないよね。でもガヴァエッリ・チーフと悠太郎が買ってくれたものだから……。

思いながら鏡を振り返った僕は、自分の姿に驚いてしまう。

……っていうか、これってやっぱり浴衣じゃなくて襦袢？

……なんだか、めちゃくちゃいやらしい感じなんだけど！

薄い生地の襦袢はぴったりと身体に張り付く感じで、しかも色が淡いから身体の線が透けてしまっている。

……ど、どうしよう？　こんなエッチな格好で雅樹の前に出るのは恥ずかしすぎる！

……でも、着替えはさっきまで着ていた汗じみた服しかないし……。

「あきや！　もしかしてお風呂から出た？」

廊下に続く曇りガラスの引き戸に、悠太郎のシルエットが映っている。

「えっ？　あっ、もうすぐ出るからちょっと待ってて……」

「さっきの着物、着てみた？　見たいな～」

楽しそうに聞かれて、僕は慌ててしまう。

「いや、いちおう着てみたけど……ちょっと……」

「じゃあ、見せてっ！」

声と同時に、曇りガラスの引き戸が開けられる。

「……わ……」

悠太郎が僕を見つめ、驚いて立ちすくんだのを見て、僕はさらに赤くなる。

「せっかく買ってきてもらって、すごく素敵なんだけど……僕には似合わないような……」

「……いや……」

悠太郎がなぜかカアッと赤くなる。そして僕を見つめたまま、かすれた声で言う。

「……似合う……っていうか似合いすぎて危険……」

「え？」

「ユウタロ！　アキヤの着物姿はどうだった？　可愛かったか？」

廊下の向こうからガヴァエッリ・チーフの声がして、足音が近づいてくる。

「ちょっと待って！　それ以上は来ないで！　あなたは見ちゃダメだ！」

悠太郎は叫び、それから僕に向かって、

「オレとガヴァエッツリ・チーフはこれから飲みに行くから。朝まで戻らないから」

「どうして？　せっかくこんな素敵な旅館に泊まっているのに……」

悠太郎はまた僕の全身に視線を走らせ、そしてさらに赤くなる。

「そんなあきやの姿を見た黒川チーフが、手加減できるとは思えない。ガヴァエッツリ・チーフの隣の布団で、一晩中エッチな声を聞かされるのは……あまりにも危険すぎる」

「ちょっと待って。隣に友達や上司がいるのに、エッチなことなんかしないってば」

「いや、もういい。オレたちが悪かった」

悠太郎が意味の解らないことを言いながら後ずさる。そしてガラス戸が外から閉められる。

「ガヴァエッツリ・チーフ、今夜は朝までカラオケだ！」

「部屋でカイダンをするんじゃなかったのか？」

「予定変更だよ！」

悠太郎とガヴァエッツリ・チーフが言いながら廊下を遠ざかっていくのが聞こえる。

僕は悠太郎の大騒ぎを思い出し、なんだろう、そんなにみっともなかっただろうかと思う。ちょっとだけ落ち込んでしまいながら、脱いだ服と濡れたタオルを持って廊下を歩く。

……まあ、男の僕に、こんな可愛い色の浴衣が似合うわけがないんだ。

……きっと洒落《しゃれ》でくれたんだろうし、パジャマ代わりのものだし、ちょっとくらい似合わなくても気にすることないよね。

思いながら、雅樹がいるはずのリビング代わりの和室への襖を開く。

「お先にお風呂いただきました。素敵な檜風呂でしたよ」

「そうか。ひと段落したら、俺も入ることにするよ」

雅樹はクロッキー帳に早い筆致で何かを描き込みながら、どこか上の空の口調で答える。

……彼が本当にノッている時って、こんな感じなんだよね。

僕は微笑ましく思いながら、部屋を横切り、窓の障子を開けてみる。

「……わあ、ここから鴨川が見えるんだ……」

僕は、空に煌めく満月と、月明かりに照らされた鴨川の風景に見とれながら呟く。

「……さすが京都。すごく風情があります。ほら、あそこの木も紅葉していて……」

「晶也」

声に顔を上げると、雅樹が手を止めて僕を見ていた。

「あ、すみません、うるさかったですか？」

「そうじゃない」

雅樹が僕を見つめたまま、どこか呆然とした声で言う。

「障子を閉めて」

「え？　……あ、すみません。障子を開けていたら寒いですよね」

「そうではなくて」

雅樹が言い、ふいに手で顔を覆って深いため息をつく。

「どうしたんですか？　あ……僕のこの格好、そんなに変ですか？」

「変ではない。……ここにおいで」

僕は障子を閉め、雅樹の隣に座る。

「どうして障子を閉めさせたかわかる？」

「寒いからですよね？」

「違う。君のその姿が色っぽすぎて……」

彼が囁いて、僕の身体を少し乱暴に畳の上に押し倒す。

「……えっ？」

「窓の外の誰かに見られたら、とても危険だからだよ」

雅樹が囁いて、僕の首筋にそっとキスをする。

「……あ……っ」

首に手を回され、チェーンの留金が外される。そっとチェーンとリングを取り上げられて、鼓動が速くなる。

「こんな格好で挑発されたら……」

雅樹の手が腿《もも》の上まで滑り下り、僕の着物の中に入り込んでくる。

「どんなに我慢強い男でも、我慢できるわけがない」

まるでセクシーな吸血鬼みたいに、雅樹が、僕の首筋に歯を立てる。

「……あ、あ……っ！」

彼の滑《なめ》らかな手のひらが、僕の腿を性急に撫で上げ、そして……。

「……ああっ！」

彼の手が、僕の下着の中に滑り込んでくる。彼の大きな手に握り込まれて、僕の欲望がキュッと硬く反り返る。

「……やあ……っ、そんな……ああっ」

「愛している、晶也」

彼のもう片方の手が、僕の襟を乱す。襟を押し分け、僕の右の乳首を露出させてしまう。

「……あ……っ！」

僕の乳首は、ほんの少しの囁きと愛撫だけで、ねだるようにツンと尖《とが》ってしまっていて。

「……ああっ！」

彼が僕の胸元に顔を下ろし、唇で乳首を包み込む。

「……あああ……ダメ……っ！」

舌先で優しく舐められ、チュッと強く吸い上げられて……彼の手の中の屹立《きつりつ》が、ビクッ、と激しく反応してしまう。

「……ああーっ！」

「イケナイ子だ。先走りの蜜を、こんなに溢れさせて」

彼が囁き、確かめるように指で僕の屹立の先端に円を描く。

「……あ、あ、あ……っ」

ヌルヌルと濡れたその感触に、僕は、自分がたっぷりと先走りの蜜を漏らしてしまっていたことに気づく。

「……や……いけません……雅樹……っ」

尖った乳首を舌で愛撫され、ヌルヌルになった屹立を、責めさいなむように緩急をつけて扱《しご》き上げられる。

「そんなことされたら……僕……もう……っ！」

「ここが、ビクビクと震えているよ。……もうイキそう……？」

「……ああ、イキそうです……お願い……っ」

「何をお願いされているのかわからないよ、篠原くん」

わざとデザイナー室にいるのと同じ呼び方をされて……二人の行為が、ますます淫靡なものに感じられてしまって……。

「……ああ……イカせて欲し……あ、ああーっ！」

言葉を言い終わる前に、僕の屹立の先端から、ビュクッ、と欲望の白い蜜が迸《ほとばし》ってしまう。

雅樹の手のひらが、僕の欲望をしっかりと受け止める。

「……くう、ああん……っ」

身体がトロトロに蕩け、スリットの奥に隠された蕾《つぼみ》が……何かをねだるように震えてしまう。

……ああ、恥ずかしい……。

……どうして今夜は、こんなに……。

「今夜は、いつにも増して感じやすい」

雅樹が囁き、ヌルヌルに濡れた指で僕のスリットの奥を探る。

「……あ、あ……っ」

「おねだりの途中でイッてしまうなんて。なんていやらしい子なんだろう？」

「……や、ああ……っ」

彼のたっぷりと濡れた指が、僕の秘密の蕾の花弁をゆっくりと解《ほぐ》す。

「……あ、ああ……っ」

僕の恥ずかしい蕾は、さっきの快感の余韻であっという間に蕩けてしまう。

プチュッと濡れた音を立てて、雅樹の指が蕾の中に滑り込んでくる。

「……く、うう……っ」

僕の蕾は、彼の指を締め付け、ねだるようにヒクヒクと震えてしまって……。

「……あ……あ……ああん……っ」

クチュクチュと音を立てて奥を探りながら、蕾の入り口を押し広げるように解される。

「……あ、あ、あ……っ！」

身体の奥から湧き上がる快感に、僕は喘ぎを抑えられない。

「君は、こんなに色っぽいのに自覚がない。本当に危険だな」

プチュ、と音を立てて、彼の指が僕の中から出ていってしまう。

「……ああ……っ」

「おいで」

快感に弛緩した身体を抱き上げられ、向きを変えて彼の膝の上に座らされる。

背中を彼に預ける形で抱かれて、腰が浮き上がる。

下から蕾を押し上げる熱いものを感じて、僕は思わず喘いでしまう。

触れるだけで蕩けそうに熱くて、そしてとても硬くて、逞しくて……これは、雅樹の……。

蕾に、下からグッと欲望が押し当てられる。

「……ああっ！」

前に回った彼の手が乱れた襟元から滑り込み、僕の乳首をそっと愛撫する。

「……あ、あ……っ」

僕の蕾が蕩けた瞬間、彼の逞しい欲望が、下から僕に押し入ってきた。

「……あ……ああっ！」

あまりにも恥ずかしい格好に思わず逃げたくなるのに……自分の体重で、彼がどんどん奥まで入ってきてしまって……。

「……やあ、すご……深い……ああっ」

脚を広げられ、前に回した手で屹立を扱き上げられて……僕の蕾が、キュウッと彼を甘く締め上げてしまう。

「……くう、ああ……っ」

「晶也……とても綺麗だ」

僕を深く貫きながら、雅樹が耳元で囁いてくる。僕は、快感の波に巻き込まれないように必死でかぶりを振って、

「僕は少しも綺麗じゃありません。だから、あなたみたいな人にふさわしいのかいつも不安で……」

「またそんなことを言う。本当に危険すぎるな。それなら……」

僕の身体を片手で支え、彼が空いている方の手を伸ばす。

「……君がどんなに素敵か、その目で確かめてもらおうか」

バサ、と布が捲られる音。陶然と目を閉じていた僕は、その音に気づいて目を開けて……。

そこには、布の掛けられた鏡台があった。雅樹が捲り上げたせいで、そこには珊瑚色の着物を乱された僕と、愛おしげに僕を抱きしめる彼の姿が映っていた。

映っているのは腰までだから、一つになった部分はギリギリで見えない。それでも、とて

も淫《みだ》らなことには変わりなくて……。

「ああっ！」

僕は恥ずかしさのあまりキュッと目を閉じる。

「……お願い、布団の上で……こんなの恥ずかしすぎるから……ああ、んっ！」

僕は必死で抗議するけれど、下から突き上げられたら、言葉の最後は甘い喘ぎに変わってしまって……。

「きちんと目を開けて。君がどんなに美しいか、ちゃんと見てごらん」

「……いや、できません……っ」

「それなら、このままにして止《や》めてしまうよ？　……我慢できる？」

耳元で囁かれ、うながすように首筋にキスをされて、僕は必死でかぶりを振る。

「今やめられたら……おかしくなる……っ」

「それなら、目を開けて」

そのセクシーな囁きに誘われるように、僕はゆっくりと目を開ける。

「……あ……」

「とても綺麗だ。そうだろう？」

珊瑚色の着物を乱された僕は、胸を半分さらしたまま、蕩けそうな顔で喘いでいる。

胸元に滑った雅樹の手が、僕の乳首をそっと摘まみ上げる。

「……ああん……っ！」

「目をそらさないで。……君の乳首は、とても美しい桃色珊瑚の色をしている」

囁きながら、キュッ、キュッ、と揉み込まれて、僕の身体がヒクリと震えてしまう。

「……あ、ふ、ああ……」

僕をゆっくりと揺すり上げながら、僕の乳首を丁寧に愛撫する。

彼はとてもセクシーな目をして、鏡の中の僕を見つめている。

そして僕も、蕩けそうな顔をして、鏡の中の雅樹を見つめている。

その感じは……なんだか、信じられないほど淫らで……。

「あぁんっ！」

僕の身体に、いきなり、激しい快感の電流が走った。

「……くうう……っ！」

雅樹を深く受け入れた蕾が、さらなる快感をねだるように彼をキュウッと締め上げて……。

「そんなに締め付けられたら、我慢できなくなる」

「……我慢しないで……」

僕の唇から、かすれた淫らな声が漏れた。

「……僕も、我慢できな……ああっ！」

僕の言葉を遮るようにして、雅樹が僕を突き上げる。

「あっ！　あっ！　ああっ！」

「晶也……愛している……」

いつもの優しい彼とは別人のような、切羽詰まった囁き。

だけど、彼がどれだけ僕を欲してくれているかの証《あかし》みたいで、なんだかすごく嬉しくて……。

「……ああ、愛してる、雅樹……！」

激しく突き上げられ、ヌルヌルの屹立を扱き上げられて、蜜が溢れる。

「……やあ、ダメ、出ちゃう……！」

「出していい」

彼が、とてもセクシーな声で囁いてくる。

「君がすごすぎて、俺ももう限界だ」

グイッと深く突き上げられて、僕の全身を甘い快感が貫いた。

「……あ、ああーっ！」

僕の先端から、ビュッ、ビュッ、と激しく欲望の蜜が飛び、鏡を白く濡らす。

「……あ、くうぅん……っ！」

絞るように締め上げる僕の蕾を、雅樹がひときわ強く貫いた。そして……。

「……ああーっ！」

僕の最奥に、ドク、ドク、と熱い欲望が撃ち込まれた。

いつもとは違う感触で、彼の欲望の蜜が身体の奥を滑り落ちてくる。

「……ああ、溢れちゃう……っ」

僕の蕾は、嫌がるように彼の欲望をまた締め上げて……。

「ああ……なんて子だ」

僕の身体が、畳の上にうつ伏せに押し倒される。

「君の身体がすごすぎて……まだ、熱が収まりそうにない」

「僕も……」

僕の唇から、かすれた声が漏れた。

「……まだ、収まりそうにありません……ん、ん……っ」

畳に押し倒された身体が、繋がったまま仰《あお》向《む》けに向きを変えられる。動いた拍子に一つに重なり合った部分がグリッと刺激されて、僕はあまりの快感に呻く。

「……んんーっ！」

雅樹の唇が、深いキスを奪う。

「愛している、晶也」

唇が触れたままで、彼が囁いてくる。

「僕も愛しています、雅樹」

僕も囁き返し……そしてまた、唇が重なって……。

「……んん、雅樹……もっと……っ」

雅樹が僕を抱きしめ、再び僕を奪い始める。彼を深く受け入れ、身体を反り返らせて喘ぎ……。

「愛している、晶也」

「……ああ、愛してる、雅樹……っ！」

僕は高みに押し上げられながら、彼の肩に頬を擦り寄せる。

……ああ、このまま、一つになって蕩けてしまえたらいいのに……。

＊

その後。雅樹は珊瑚を使ったジャポネスク・スタイルの素晴らしい作品を作り上げ、世界大会でグランプリを獲った。

僕と雅樹は相変わらずのラヴラヴだけど……一つだけ、気になることがある。

西大路の兄妹は、西大路のご隠居さんたちから厳しく教育されておとなしくしているらしいから、それは一段落。だけど……西大路家の当主、嘉朋さんが、なぜか事あるごとに僕に連絡をしてくるようになってしまったんだ。

「君はすべての人を魅了するようだ。京都でも嘉朋さんの目は君に釘付けだった。まさか玉《たま》の輿《こし》に心惹かれたりしてはいないだろうね？」

「だとしたらどうします？」

本気で驚いた顔をする雅樹に、僕はチュッとキスをする。

「そんなわけがないでしょう？　僕にはもう、運命の人がいるんですから」

「運命の人というのは誰なのか、上司の俺に聞かせてくれないか、篠原くん？」

彼の言葉に僕は笑ってしまう。

「黒川雅樹という人です。ハンサムで優しくて最高なんですが……ちょっとやきもち妬きかも」

「やきもちを妬かせる君が悪い」

雅樹の唇が首筋に触れてきて……僕は思わず喘いでしまう。

「……あ、待ってください、雅樹……」

「待てないよ、篠原くん」

優しく囁かれて、こんなにドキドキしちゃう、僕も僕かも。

「君が俺だけの運命の人であることを、今から証明して欲しい」

ベッドに押し倒されて、それだけでも心も身体も蕩けそう。

僕の恋人は、優しくて、ハンサムで、ちょっとイジワルで……そして、こんなふうに本当にセクシーなんだ。

# Anniversary

「だから。誕生日のプレゼントとか、別にいらないよ」

オレは湯気の立つ二つのデミタスカップを持ち上げながら言う。朝の風の中、フワリと漂うのはとても上質のエスプレッソの香りだ。

「毎年毎年、素敵なものをもらってきた。しかも、もう一緒に住んでるんだぜ？」

オレは言い、それから自分の言葉に自分で照れてしまう。

……そう。オレはなんと恋人と同棲しちゃってる。しかも、まるで新婚さんみたいにラブラブ状態なんだよな。

オレの名前は森悠太郎《もりゆうたろう》。ガヴァエッリ・ジョイエッロっていうイタリア系宝飾品会社で、ジュエリーデザイナーをしている。実力はまだまだだし、会社でも駆け出し扱いだから、修業中って感じだけどね。

ここは『都民が住みたい街ナンバー1』と言われる吉祥寺。井の頭公園も近い高級住宅地だ。大学の多い中央線沿線にあるせいかお洒落なカフェや雑貨屋さんがたくさんあってすごく便利。だけど自然もたくさん残っているし、静かだし、すごく住みやすい場所だ。

そしてオレがいるのは、お屋敷が並ぶこの界隈でも飛び抜けて広くて贅沢な一軒家。道から見るとただの真っ白い壁が続いているようにしか見えないけれど、建物の内側には木々の茂った大きな中庭があり、ほとんどの部屋はそこに面している。プライバシーが守られているにもかかわらず太陽が燦々と降り注ぎ、緑の風が吹き抜けるここにいると……まるでどこか海外の避暑地にでも来てしまったかのような贅沢な気分になる。ここは、オレの恋人が知り合いである一流建築家と協力してデザインした、とても素敵な家なんだ。

「この家には不足なものなんかないし、オレ、いつもあなたにお世話になってばっかりだし。だから気にしなくていいってば」

オレは言いながら、開けっ放しのフランス窓から裸足のまま外に出る。朝露を残したフワフワの芝生が、足の裏にとても心地いい。

「それは困る」

イタリア語の新聞から目を上げた背の高い男性が、オレを見上げて言う。

「プレゼントができないのでは、君に感じているこの深い愛を、どう表現していいのかわからない」

微笑を含んだ甘い声、宝石みたいに美しい漆黒の瞳に見つめられて、鼓動が速くなる。

彼はアントニオ・ガヴァエッツリ。ガヴァエッツリ・ジョイエッロの創始者である大富豪ガヴァエッツリ一族の一員で当主の次男。本社の副社長と、日本支社のブランドチーフを兼任してる。ひょんなことから日本に来てオレの上司になってしまったけれど、本当ならローマ本社の豪華な副社長室でふんぞり返っていればいい身分らしい。

地位と名誉と財産を持っている上に、見てくれはパリコレモデルみたいなとんでもない美形、さらに憎らしいことにものすごいセンスの持ち主。世界的に有名なジュエリーデザイナーでもある。その彼が、こんなに平凡なオレの恋人だってことが……実は未だに信じられない。

「べ、別に、愛とか表現しなくていいからっ！」

オレはエスプレッソのカップをテーブルに置きながら、思わず赤くなる。イタリア人のアントニオは愛情表現がいちいち熱烈で、オレはすぐにこうして赤面させられてしまうんだ。

彼は見とれるような長い指でエスプレッソカップを持ち上げ、それをゆっくりと味わう。

満足げなため息をついて、

「……美味《おい》しい。いつの間にかイタリア人の私よりも上手にいれられるようになっている。君は本当にいい奥さんだ」

漆黒の瞳に見つめられ、それだけで全身が蕩《とろ》けてしまいそうになる。

「だ、だから、奥さんとか言うなってばっ！」

オレはさらに赤くなってしまいながら叫ぶ。アントニオは楽しそうに笑って、

「リクエストがもらえないのなら、私があげたいものを選んでいいかな？」

「くれたいものって……例えば？」

オレはちょっと嫌な予感を覚えながら言う。彼は普通にしていればクールでハンサムな大人の男なんだけど、大富豪の御曹司として育ったせいか、いろいろな面でズレてるんだ。

「モナコにいいマンションを見つけたんだ。モナコ・グランプリが見たいと言っていただろ

う？　観戦にはちょうどいい。でなかったら、エーゲ海に君が気に入りそうな小さな島があるんだ。あとは大型のクルーザーが……」

「だーかーらーっ！」

ごく自然に言われた彼の言葉を、オレは拳を握り締めながら遮る。

「そういう贅沢なことは全部却下って、毎年言ってるだろっ！　やっぱりあなたの感覚ってズレまくってるっ！」

オレの言葉に、アントニオは髪を手でかき上げ、困り果てたように天を仰ぐ。

「私は今までずっとこの感覚で生きてきた。君はよく私がズレていると言うが……私には、どこがどうズレているのか未だにわからない」

オレはどう言っていいのかわからずに考えてしまう。それから、

「たしかに、あなたは生まれてこの方大富豪で、周囲にいるのもお金持ちばっかりだったんだよね。だからイマイチわからないかもしれないけど……オレ、あなたと対等でいたいんだ」

オレの言葉に、アントニオは少し驚いたようにオレに視線を戻す。

「もしもオレがまだ何も知らない学生なら、いろいろと違ってくるかもしれないけど……オレはもう社会人だし、あなたの部下だし。だから」

オレは、彼の顔を真っ直ぐに見つめながら言う。

「もしもモナコのマンションを買うなら、二人でだ。オレはきちんと半額出す。エーゲ海の島も、クルーザーも。今はとてもそんなお金なんかないけれど、いつかはあなたに負けないくらい有名なジュエリーデザイナーになって、それくらい平気で払えるようになる。それまで待っててよ」

アントニオは、オレを見つめたまましばらく黙り……それから、その唇に優しい微笑を浮かべてくれる。

「わかった。楽しみにしているよ」

「うん。楽しみにしてて。……あ、ボーナスはちゃんと貯めてあるから、格安プランで旅行するくらいは大丈夫だよ。だから、いつかは一緒にモナコ・グランプリには行こうよ。一番安いホテルになるかもしれないけど」

「ホテルなら心配はいらない。ガヴァエッリ・ジョイエッロはモナコ・グランプリに協賛している。それは知っているだろう？」

「もちろん。コースのテレビに一番よく映る場所に、でかでかと社名が書かれてるし」

オレは思い出してつい笑ってしまう。アントニオはうなずいて、

「忙しくてなかなか機会がなかったが、行くといえばいつでもホテルと観戦席が用意される。値段を気にすることはない」

「本当に？　それってすごい！　じゃあ、プレゼントは『休暇をとって一緒にモナコ・グラ

ンプリに行ってくれること』。これでいい？」

「わかった。だが……次のモナコ・グランプリは五月。今は六月だから……一年近く待ってもらうことになる。誕生日当日は、もう一つプレゼントをあげていい？」

「もう一つって？　あんまり贅沢なものを言うとまた却下だよ？」

アントニオは手を伸ばして、オレの顎をそっと持ち上げる。

「そうだな。ある意味、さっき言ったものよりもずっと贅沢かもしれない」

「えっ？　何？」

思わず怯えてしまうオレに、彼はゆっくりと顔を近づける。耳元に口を寄せて、

「……朝までのセックス」

甘い声で囁《ささや》かれる、淫らで熱い言葉。あまりのセクシーさに、オレは全身を震わせる。

「……欲しい？」

ため息のような微かな声で囁かれて……何もかもが蕩けてしまいそう。

「……うん……」

オレの唇から、かすれた声が漏れた。

「……オレにはそれが、何より贅沢なプレゼントだ……」

「いい子だ。愛している、ユウタロ」

ハンサムな顔がゆっくりと近づいて、彼の唇がそっと重なってくる。

「君は？」

唇が触れたまま囁かれ、オレの身体が熱くなる。

「……オレも愛してる、アントニオ」

「誕生日プレゼントとは別に、一つ、プレゼントをあげたいんだが」

彼が、繰り返すキスの合間に囁く。

「今すぐに抱きたい。いい？」

彼の言葉に身体がじわりと熱くなる。

「……う……うん……いいけど……」

答えるオレの言葉が、待ち焦がれていたかのようにかすれてしまう。

彼は微笑み、その逞《たくま》しい腕でオレを抱き上げ、そのまま柔らかな芝生の上に押し倒す。

「……あ……」

のしかかられ、見つめられるだけで鼓動が速くなる。

「頬が赤い。恥ずかしい？」

耳元で囁かれて、ますます身体が熱くなる。

「べ、別に、恥ずかしくなんか……あ……っ！」

彼の指がオレの綿シャツのボタンをゆっくりと外していく。肌をかすめた彼の指先は、とてもあたたかい。その感触だけで、身体が震えてしまう。

「……本当に……？」

彼が囁いて、オレのシャツのボタンをすべて外してしまう。ゆっくりと布地を左右に開かれ、その漆黒の瞳で見下ろされる。それだけで、身体の奥がじわりと甘く疼く。

「太陽の光の下で見る君は、いつにも増して本当に美しいな」

アントニオが囁き、その大きな手をオレの鳩尾《みぞおち》に当てる。

「……あ……っ」

肌の上を彼の手がゆっくりと滑っていく。彼の手のひらは、大富豪のそれらしくさらさらと滑らかで、少しのひっかかりもない。とても心地のいい手で撫でられるだけで、唇からこらえきれない喘ぎが漏れてしまう。

「……ああ……っ」

「そして、とても触れ心地がいい」

彼は感触をたしかめるように、そっとオレの肌を辿っていく。指先が乳首の先端をかすめて、オレは思わず喘いで背中を反り返らせてしまう。

「……んく……っ」

「どうした？　ここがそんなに感じる？」

彼が囁いて、オレの乳首の先を指先で弾く。そこから走った甘い快感に、オレの身体がまたぴくりと反り返ってしまう。

「……んん……っ」

「ほとんど触れてもいないのに、もうこんなに硬く尖っている」

彼の微笑を含んだ囁き。両手の指先で両方の乳首の先をキュッと摘《つま》み上げられて、それだけで身体が蕩けそうになる。

「……ダメ……アントニオ……！」

「ダメ？　どうして？」

イジワルに囁きながら、彼がオレの両方の乳首をゆっくりと揉み込んでくる。下腹の辺りが甘く疼き、血液がそこにじわりと集まってくる。

「……だって……そこ、されたら……っ」

ジーンズと下着の下で、オレの中心がゆっくりと熱を持つ。キュッ、キュッ、と乳首を刺激されて、恥ずかしいほど硬く勃ち上がってくるのが解る。

「ここをされたら？　どうなるのかな？」

彼が顔を下ろし、尖ってしまった乳首の先端にキスをする。とても敏感になったそこをゆっくりと舐め上げられて、屹立《きつりつ》が痛いほどに硬くなる。

「……オレ……我慢できなくなるから……っ」

「何を我慢しているのか、言ってごらん？」

彼が囁いて、乳首の先をキュッと甘嚙みしてくる。激しい快感に、硬くなった屹立の先端からじわりと先走りの蜜が溢れてしまう。

「……んん……そんなこと……っ！」

「まだ意地を張る気か？　本当に悪い子だ」

彼が手を下ろし、オレの屹立を布地ごとキュッと握り締める。そのままゆっくりと上下に扱き上げられて、溢れた先走りで下着が熱く濡れてしまう。

「……アアッ！」

「何を我慢しているか、そしてどうして欲しいのか、素直に言ってごらん？」

耳元で囁かれ、熱く濡れた屹立を扱き上げられて……オレの我慢の糸が切れてしまう。

「……んん……イッちゃいそうなんだ……っ」

オレは蕩けそうな快感に翻弄されながら、かすれた声で囁く。

「……だから……今すぐ抱いて……っ」

「いい子だ」

彼が囁いて、オレの耳たぶにご褒美のようなキスをする。

「今すぐに、君のいうとおりにしてあげるよ」

彼の手が、オレのジーンズの前立てのボタンを外す。ゆっくりとファスナーを下ろされて、あまりの欲望になんだか泣いてしまいそうになる。

……ああ……オレ……。

オレは目を閉じて呼吸を速くしながら、心から思う。

……こんなにも熱く、彼に抱かれることを望んでいたんだ……。

「君を煽《あお》っているうちに、私までとても発情してしまったようだ」

彼が、どこか苦しげにかすれた声で囁く。

「もしかしたら、あまり優しくできないかもしれない」

「……いいよ……」

オレは胸を熱くしながら、彼に囁き返す。

「……オレも、すごくあなたが欲しいんだ……」

「いい子だ、愛している、ユウタロ。……君は？」

うながすように首筋にキスをされて、身体がまた熱くなる。

「オレも愛してるよ、アントーニオ」

抱き締められるだけで、オレはもう何も解らなくなってしまう。

ああ……オレの上司は、ハンサムで、ちょっぴりイジワルで、そして本当にセクシーだ。

# あとがき

こんにちは、水上ルイです。初めての方に初めまして。水上の別のお話を読んでくださった方にいつもありがとうございます。

今回の『とろけるジュエリーデザイナー』は、ガヴァエッリ・ジョイエッロというイタリア系宝飾品会社を舞台にした、ジュエリーデザイナー達のお話です。日本支社デザイナー室のチーフデザイナーである黒川雅樹と、彼の部下である駆け出しデザイナー・篠原晶也が主人公です。

もともとこのジュエリーデザイナーシリーズ（以下ＪＤシリーズ）はリーフノベルズというレーベルより発売されたもので、リーフ出版さんの倒産と同時に絶版になりました。しかしルチル文庫さんから次々に文庫化をしていただき……この『とろけるジュエリーデザイナー』で、絶版となったＪＤシリーズの本はすべて復活したことになります。復刊が隔月ペースだったので、ショート原稿と校正とあとがきも隔月。復刊とはいえ、かなりの仕事量になりました（汗）。しかしもともとジュエリーデザイナーだった私にとって、このシリーズはとても思いいれの深いものです。忙しくてとても大変でしたが、とても楽しかったのを覚えています。

ＪＤシリーズは今後もまだまだ続く予定です。本編では黒川×晶也、番外編ではアントニオ×悠太郎、そして超番外編ではＪＤに出演した脇キャラ達（アラン・ラウ×レオン・リー、ユーシン・ソン×喜多川御堂、ロバート・ラウと晶也の兄の慎也などなど）が活躍する予定です。今後はすべて書き下ろしとなりますので、頑張らねば。

ＪＤの文庫化、ほぼ毎回頑張ってショートを書き下ろしていたのですが、今回はどうしても間に合わずに昔書いた同人誌の原稿に加筆したものを掲載させていただきました。すでに絶版となっているものですのでどうかご容赦を。

それではここで、各種お知らせコーナー。

★個人同人誌サークル『水上ルイ企画室』やってます。（受かっていれば）東京での夏・冬コミに参加予定。夏と冬には、新刊同人誌を出したいと思っています。

★水上の情報は『水上通信デジタル版』 http://www1.odn.ne.jp/ruinet へどうぞ。

それではこのへんで、お世話になった方々に感謝の言葉を。

円陣闇丸先生。今回もイラストの使用許可をありがとうございます。渋くてセクシーな黒川、麗しい晶也に毎度のことながらうっとりさせていただきました。これからもよろしくお願いできれば幸いです。

編集担当Ｓさん、前担当Ｏさん、そして編集部のみなさま。今回も本当にお世話になりました。これからもよろしくお願いできれば幸いです。

そしてこの本を読んでくれたあなたへ。どうもありがとうございました。これからもＪＤシリーズは続きます。応援していただけると嬉しいです。

それでは、また次の本でお会いできるのを楽しみにしています。

二〇一一年　春　水上ルイ

✦初出　とろけるジュエリーデザイナー……リーフノベルズ「とろけるジュエリーデザイナー」2006年12月刊
Anniversary……………………………同人誌掲載作に大幅加筆

水上ルイ先生、円陣闇丸先生へのお便り、本作品に関するご意見、ご感想などは
〒151-0051 東京都渋谷区千駄ヶ谷4-9-7
幻冬舎コミックス　ルチル文庫「とろけるジュエリーデザイナー」係まで。

幻冬舎ルチル文庫

## とろけるジュエリーデザイナー

2011年4月20日　　第1刷発行

| | |
|---|---|
| ✦著者 | 水上ルイ　みなかみ るい |
| ✦発行人 | 伊藤嘉彦 |
| ✦発行元 | 株式会社 幻冬舎コミックス<br>〒151-0051 東京都渋谷区千駄ヶ谷4-9-7<br>電話 03(5411)6432[編集] |
| ✦発売元 | 株式会社 幻冬舎<br>〒151-0051 東京都渋谷区千駄ヶ谷4-9-7<br>電話 03(5411)6222[営業]<br>振替 00120-8-767643 |
| ✦印刷・製本所 | 中央精版印刷株式会社 |

✦検印廃止


ISBN978-4-344-82219-1　C0193　Printed in Japan